六书坊

爱神花园笔记

叶辛 著

武汉大学出版社
WUHAN UNIVERSITY PRESS

图书在版编目(CIP)数据

爱神花园笔记/叶辛著. —武汉:武汉大学出版社,2014.7
六书坊
ISBN 978-7-307-12909-2

Ⅰ.爱… Ⅱ.叶… Ⅲ.随笔—作品集—中国—当代
Ⅳ.I267.1

中国版本图书馆 CIP 数据核字(2014)第 050107 号

责任编辑:张 璇　　责任校对:汪欣怡　　版式设计:韩闻锦

出版发行:**武汉大学出版社**　(430072 武昌 珞珈山)
(电子邮件:cbs22@whu.edu.cn 网址:www.wdp.com.cn)
印刷:武汉中科兴业印务有限公司
开本:880×1230 1/32　印张:7.625　字数:138 千字　插页:2
版次:2014 年 7 月第 1 版　2014 年 7 月第 1 次印刷
ISBN 978-7-307-12909-2　定价:18.00 元

六书坊

目 录
CONTENTS

村寨四季

冬 溪

冬季日短，风更显凛冽。收获过的包谷土、门前坝的洋芋土，全栽上了小季。那是来年春天要收的一季庄稼，麦子、胡豆、油菜和漫坡栽的洋芋，还有荞麦。

种子是下了，却还没出苗，总要等到有一些春的气息，山野才会显出绿来。

风从峡口那里吹来，喜于在山野间咆哮，清扫残叶，颤抖着岭巅山腰间的云杉、柏枝和梓木。

冬溪迟缓，乍一眼望去，似凝滞不动。只在风穿行于原野时，那皱起的水面一晃一亮，才有丁点儿生气。

冬晨寒冽，冷雾笼罩着寨子，在溪水上空抹一笔柔柔的乳白。点水雀儿叽喳啁啾着掠过水面。栖落在光秃的枝丫或桥栏上，呼唤伙伴。觅食的麻雀最为活跃，飞来掠去地在溪水上下嬉戏，远远地有穿着厚实的汉子走来，几声喧哗，一声吆喊，惊得麻雀“哄”一声腾空而起。冬溪边一片寂然。

过石桥往山上去的，是勤劳的农家。忙碌一年，冬日本是歇息的时节，他们活动惯了，还要上山去，多半是钻进煤洞挖煤，或是挖烤火的大树疙斗，呼群结伴而行的，兴致更高一些。那是去树林里打猎的，碰上个野兔、果子狸、麂子什么的，欢欢喜喜地回来。恰巧遇上了野猪，不仅惊险、有趣、斗智斗勇，围猎回来，满寨的男女老少烧起篝火，又唱又跳，火光映着笑脸，又尝着野猪肉的奇香，总要聚到月上竹梢，夜半三更，才尽欢而散。

冬阳温暖，照耀山川田坝，溪水边是最热闹的去处。“三个女子一台戏”，此时此刻，二三十位女子也不止。有老、有少、有新媳妇，东家长、西家短，偏远蛮荒乡间的“新闻”，也便在这一场合传遍整个寨子。洗净了的衣裳、垫单、被子顺便就晾晒在溪水边的枯草荆棘丛间，让风掠过，让阳光晒上一股热烘烘的气息。

冬天的暮色来得早，山野寂然，村寨寂然，远山近岭都成了浓淡相宜的水墨画。静谧的画面上，活动着的是迟归的牛群，不需人吆赶，悠长的牛角号自会通知它们。在田埂、坡土上散放的川马，也叩击着青岗石级寨路，回到高低错落的农舍里去。

上山的汉子也在擦黑前赶回家来。进寨子之前必然在冬溪边停留片刻，洗净劳作一天的双手，洗净农具和砍刀上的泥巴草屑，用冰冷的溪水抹一把脸。关心自己相貌的，还对着清澈的溪水凝神片刻，看一看倒影中的脸庞上是不是沾了泥点，头发是不是蓬乱得不成样子。

在我插队落户山寨的十年中，地处西南的冬腊月间，只下过两次雪。偌大的雪被白茫茫地将连绵无尽的山野、将远近的树林和草坡、将大大小小的一个一个寨子全都覆盖成银色的世界时，却还能在崖脚的岩缝和弯树下，看到一股一股涓涓的溪水，给人增加意外的惊喜，让人生出无限的想象。

冬日的一切是沉寂的，大山沉寂着，显示它的冷漠威严；树林沉寂着，更让人时时想着它吼啸的可怕；寨子沉寂着，以便春天到来时变得分外活跃。唯淙淙潺潺的溪水始终不动声色地流淌着，白天展示它的秀色，夜晚显示它的温存。星星闪烁的冬夜，溪边清冷的月色里，时有飞歌飘摇传播，细细谛听，有男也有女。

哦，冬溪的可爱还是有人会发现。这隔溪相对的歌声，孕育着的无疑是爱情。而爱情孕育的，不就是对于生命，对于妩媚春天的期盼么。

春　潮

也许这都是春天的脚步，春天的迹象罢。

对于山寨上的人们来说，春天的信息是由泛滥的春潮带来的。

山乡的春潮是嘈杂的，是喧哗的。

一夜之间，雨不知不觉下大了。常常又是在夜半三更，或是黎明时分，惊天动地的雷声把人的好梦唤醒，仄耳听罢，只觉得满世界全都是水声。

云压得低，风刮得猛，天也亮得迟。雷声远住，雨声也便淅淅沥沥下得亲切起来。

天朗开的时候，一家一户的朝门打开了，窗户捅开了，娃崽欢叫着，跳到水塘里去跺水，湿透了的院坝里，姑娘少妇尖声拉气地吼着，用扫帚将积水扫进下水沟去。走出寨子，嗬，溪河里、沟渠里的水都快满出来了，半坡的龙洞里在喷吐着水，山水沟里哗哗地淌着水，田缺口里在涌着水，山塘里也蓄满了水。远远望去，屏风般的崖壁岭腰间，白练一般悬挂下来的，是长长的飞瀑。高低错落、连绵无尽的山山岭岭，经过雨水尽情地冲刷，显得面目一新秀色尽露。

春回大地，也是要敲锣打鼓的吧。雀跃着、欢叫着扑向田野的寨邻乡亲们，眉宇神色间丝毫也没雷电惊梦的抱怨，瞧吧，他们的笑脸像雨后的阳光一般灿烂。

所谓“雷声震天响，春水满田坝”。

满满一田坝的春水，换来的将是满满一田坝的庄稼啊。农人们能不欢喜雀跃、笑得合不拢嘴么。

最能显示春潮气势的，是在河边。有捷足先登者，早在小小的河湾里网起养了一冬的肥鱼。翠鸟轻掠河面，在河岸的树丛间啁啾啼鸣。河水不知什么时候涨得满满当当，把河岸一夜间抬得高高的，不会水的看到湍急的水流只能伫立在桥栏边观望。会水的早扑进了水中，在裸露的石头岩缝间嬉着水。山乡里的溪河，水大的时候就把河床张得很开，那白色的雪浪般的水花，在岩石缝隙间跃动欢笑，顺着河流弯弯拐拐地淌进更深的峡谷里去。遇到前方的河床陡地跌落，形成一个自然的跌宕，万千水流水沫水柱推搡着、奔涌着全汇拢过来，轰然往下落去，那股气势才叫惊心动魄。

春潮涌动，大地山野全给滋润全都染了绿。

天蓝了，百年老树虬曲的枝丫上吐露了新芽。雪亮的犁铧翻起沉寂了一冬的泥土，把绿茸茸的秧田，把金黄金黄的油菜花儿，陪衬得愈加色彩斑斓。

高高低低、大大小小的田土，全蓄满了水。明镜似的映着雄峻的，奇秀的山峦，映着划破水面催犁的农家，映着年年春天都会神不知鬼不觉飞回来的白天鹅。没有人明白它夜间栖息在哪棵大树上，没有人知晓它何时又会离去，也没有人为它的出现大惊小怪。

唯独我，在年年春潮泛滥的日子看见它，一边追随着它在空中自由地飞翔，一边总要忖度着：冬天它躲到哪里去了呢？盛夏时节，它又飞往哪里去了呢？

终于忍不住，在杜鹃温柔地催促着“布谷——布谷——”的又一个春天，我问了一个老农。谁知他愤愤地斜了我一眼，摆着手道：“嗳，问不得。它若不飞来，这一年就准定旱。”

哦，我恍然大悟，农民们喜春潮，是因为怕春旱。

春季遇上大旱，则意味着秋后的歉收，夏季的烦愁。

春潮不至的年份，白天鹅也不会飞来。

夏　泉

浓绿阔长的包谷叶子，抹了油一般的滋润，在盛夏的太阳照耀下，泛着诱人的光泽。

风徐徐拂来，包谷叶摇曳晃动着，那光泽闪烁着绿波，甚是悦目。

那是欣赏山野的风景时，常有的感触。

钻进包谷丛里薅草，感觉就截然不同了。油绿的包谷叶子不是晃触着眼睛，就是划破了脸颊，挥动锄头的动作稍猛一些，手臂上就会割破细条细条的口子，留下深深浅浅的血痕。头顶着灼人的烈日，包谷林里闷热难熬，勾着腰，低着头，时间一久，人累得腰酸腿疼。

薅包谷是夏日里的苦活。比这更苦的，是在薅谷秧时遇上针毡草。这草看去细细密密的，嫩绿中透出金黄色，一根根针似的立在稻田里。手抓上去，明明感到是揪住它了，一把拔起来，往往只有稀稀疏疏的几棵。再拔，还是一样。必须细心地，扯眼睫毛般一棵棵地拔，才能将它连根拔去。费时耗力，勾腰蹲在水田里受不了，只得把双腿跪在田里，让稻田水泡得膝盖泛白，才能慢慢地往前行。这时候，千万不能往前看，朝前望去，只见一窝一窝的谷秧之间，金黄嫩绿的一片，连接到田边，全是针毡草！人准得绝望得晕过去。如果偷懒，搅混了水，打着漂往前冲过去，算是把田薅过了，也可以。到秋后就见分晓了，薅净了草的水田，每亩能产八九百斤谷子。胡混偷懒的那块田，只能打起两三百斤谷。针毡草是最吃肥的。

比这两样农活更苦的，则是进砖窑搬砖瓦，进煤洞挖煤了。力出得多，汗出得大，一天干下来，一身上下全是灰、全是煤，只有眼珠子在转，笑起来的时候露出一口白牙。收工那一刻，最大的需要就是跳进沟渠里、堰塘中，彻底地进行清洗。

夏季里，比脏比累更难耐的，是口渴。烈日下待久了，汗出多了，嗓子眼里直渴得像冒烟。一声哨响，喊歇息，男女老少不约而同地就会蜂拥而去找泉眼。

山寨的田土边、岭腰间、山脚下、岩缝边、大树旁，这里那里，都有一些泉眼。老乡们随手撕一张包瓜叶，或是采一张荷叶，折成瓢儿状，舀起泉水来喝。

哦，一口清冽的泉水，真如甘霖般甜美，还有叶子的清香。那股舒畅的滋味儿，是难以用语言形容的。

喝畅喝够了，人们就在泉水旁就近坐下来。有的舀起泉水抹一把脸，有的掬起泉水滋润一下晒红了的皮肤。勤快的农妇拿出鞋垫来绣，贪睡的汉子拿草帽盖住脸打瞌睡，小伙子们掏出牌来“争上游”。什么都不干的人，也会倚着树干、草坡，发呆一般休息，这是真正的休息。

有泉水的地方，必然阴凉，空气也爽洁清新。坐上多久也不会嫌时间长。

山寨上的泉水，不少就在弯弯拐拐的山路上。远行赶路的人，看到泉眼边上坐满了歇息的人，也受到感染，会情不自禁停下脚步，喝一口泉水，歇上一阵，摆几句“龙门阵”。

多少次呆坐在泉边，冥思遐想间，我会惊奇于夏泉无形的魅力。你看这些日出而作、日落而息、一年四季忙忙碌碌勤扒苦挣的农人们，你看那些挑担背篓、匆匆忙忙赶路的远行者，在劳累困顿感觉疲乏时，自会在泉眼的周围停靠下来。作一番休整，以便再次扑进生活中去，再去赶路。

泉水旁成了生活的驿站。

人生其实也是需要驿站的。在另一篇短文中，我曾把泉水比作大自然的眼睛。其实泉水那晶莹透明的清澈，也像大自然一面小小的镜子。在这一小小的人生驿站上，沉吟片刻，想一想我们的奔忙劳作，究竟是为了啥，我们所做的一切，到头来都是为了什么。泉水能映照出我们身上的尘土，泉水能映照出我们心灵上沾染的世俗之气。我们将它们掸一掸、拂一拂，不是会将未来的人生之旅走得更踏实一些么。

夏日的清泉，默默地躺在大自然不起眼的怀抱里。

秋　水

农民们喜秋。

秋天是收获的季节，穿过平顺的田坝子，谷米的香味弥散在空气中，总叫人有一种陶醉感。连麻雀子都来凑热闹，一群群的，在娃崽和姑娘们尖声脆脆的吆赶中，“呓”地一下腾空而起。

坡上的包谷土，曾是那么油亮滋润的包谷叶子泛了白，粗大的包谷棒棒，露出了一排排诱人的大白牙。

庄稼成熟了，豆荚秆拔起来了，连高山岭巅上的野果子，也都水汪汪地悬挂起一串串的果实，野葡萄、红子檬……摘一颗尝尝，嗨，甜的。

金秋的收获季节，最怕的是雨。已经成熟的庄稼，逢雨就要推迟收割。勉强收上来，又没干透，堆在仓房里就要捂热、发霉、变质。尚未熟透的庄稼，遇雨便会影响成熟。雨多了，无论是谷，是豆类，新鲜的收上来，也不好吃，水渣渣的。

秋雨是缠绵的。

秋风是凉爽的。

秋阳是明丽的。

在西南山乡，自古以来流传着这么一句俗语：“四川的太阳、云南的风，贵州落雨当过冬。”

再没有比我在偏远闭塞的寨子上对这句话有更深切的体验了。

秋雨落下来，雨脚长长的，风把雨帘吹得斜斜的，不疾不慢，不慌不忙，从早落到黑，又从夜间落到清晨。一落就是十天半月，落得天地之间灰茫茫的，笼罩在一座座山头上的雨雾，像压在人的心头般沉甸甸的。人待在屋里头，听到的声音全是雨，“滴滴答答”响个不停的屋檐水，“咕嘟咕嘟”轻响的檐沟水，“哗哗啦啦”的山水沟里日夜在骤响，河谷里的水起了涛，“呼隆呼隆”的有些骇人。即使走远一点，戴着斗笠，披上厚厚的蓑衣，走进山林里，静寂之中，也能听到细密密的雨声落到叶子上，“细刷刷细刷刷”的。

最长的一次秋雨，整整地下了近四十天。下得人心慌，下得老农们愁眉苦脸，下得田坝坡土上成熟的庄稼倒伏在地里，下得已收起的谷子捂得发了霉。那一年，山寨上歉收。

秋雨是凄惶的。当天终于朗开的时候，人们都长长地吁了口气，看着风把笼住山头的蒙纱雾吹散，看着林岚呼吸般在阳光里徐徐升腾，人们的情绪也高涨起来。有小伙子长长地舒展双臂吼了一声：“再落下去，人都要发霉了！”

在更多的日子，秋天在山乡里还是可爱的。

天抬得高了，风把淡淡的朵朵云吹到这儿，又吹到那儿。一会儿给这块田坝遮下了一块阴凉，一会儿给那块坡地遮下一块阴凉。山上山下，田头土边，挞谷声声，此起彼伏。包谷土里传来姑娘朗朗的笑声，挑着满担满担谷子的汉子，歇息的时候都要爽爽快快地吼几声。连拴在田埂边的川马，都不甘寂寞地昂首长嘶着，表示着它的舒畅和快意。

太阳落坡了，丛林先变得郁郁葱葱地深色一片。崇山峻岭在落霞的映照下，勾勒出清晰的山影。收工早的农家院坝里，小桌小凳置放在中央，清风对绿茶，蓝花烟浓辣的香味，飘散到近邻的农舍里去。从那秋水淙淙的溪河边，传来精力充沛的小伙子，长声吆吆地歌唱：“八月想妹是中秋，中秋月亮圆溜溜。哪年和妹河边坐，同看月亮乐悠悠。”

听着这深切地表白心迹般的歌声，老汉会含蓄地一笑，年轻的小伙会发出故意张扬的大笑声，已是过来人的中年汉子，则会闪烁出会心的眼波。唯待字闺中的姑娘，则会放快脚步，疾疾地闪身走去。

溪河里的秋水，凉爽清冽，劳累一天的寨邻乡亲们，在这里清洗农具，抹去脚背上的泥巴，蹬踢着双腿，溅得水花雪浪般四散。明明早已洗净了，却仍要嬉戏到天擦黑。这是秋日里最快活的时光。

直到山寨上亮起灯火，这里那里的窗户，都闪起朦胧的光，这才恋恋不舍地走回家去。饱饱地吃一顿晚餐，舒展四肢睡下，做一个好梦。

秋夜静静，秋风徐徐，秋水凉凉。丰收了的喜悦在梦里都会感染农家。让已经说定未婚妻的青年在九九重阳去给老人家送上礼品，让还没对上象的小伙子充满憧憬地见到一位美丽的姑娘，和她同在秋水边歌唱：“采了杜鹃采芙蓉，十月还有花油茶。只要蜜蜂勤来采，鲜花朵朵任你摘。”

秋水那丝丝凉意，谁还在乎呢？

秋水是相思的。

雾　岚

哪里的山岭都有雾气，哪里的森林中都见得着雾岚。不知有多少文字写到过雾岚，在散文中，在小说里。

不过我还是要说，贵州大山里的雾岚，和世界上任何地方的雾岚是不一般的。

听说过“天无三日晴，地无三里平”的千古谚语吗？

所有的中国人都晓得这句话是用来形容贵州的。殊不知，这句话包含着人们千百年来的一个错觉。

一说起天无三日晴，人们就会联想到绵绵无期的雨日，联想到晦暗烦愁的老阴天。其实，在贵州的山岭里，伴着老阴天的，往往就是雾日。雾日不是晴天，却也不落雨。

轻柔地飘悠而来的，山里的农民们形象地称之为“蒙纱雾”。

乳白色云霭一般的，乡间的老百姓直白地叫作“米雾”。

海潮般奔涌着弥散开来，漫遍田坝，浮进寨子，飘入院坝的，寨邻乡亲们会惊呼：“稠雾来了！”

头一次让我领教浓稠雾气威力的，是插队第一年的深秋。感觉上只是刚刚吃过晌午饭，天却迅疾地晦暗下来。寨子外头的山山岭岭，漫山遍野一片浩浩渺渺的烟云，树林见不着了，溪河看不见了，远山近岭全都笼罩在飘去浮来的阵阵霞烟中。整个世界仿佛全都被雾气罩住了。那个年头我习惯于作气象日记，于是乎站在老乡的朝门口，凝神屏息地细观着稠雾变幻的形态。浪涛般的浓雾是看得见，摸不着的。只见那雾气翻腾着，飘飘悠悠地漫进朝门，逐渐地把整个院坝的角角落落全都塞满填尽，似还不甘心，还要跃上台阶，扫进堂屋，满屋子钻。屋里暖和些，雾气一进门，便四处弥漫，往厢房、灶屋、卧室里散开去。

贵州乡间把雾叫作罩子，或者叫雾罩。那是相当形象的，大雾泛滥的日子，寨子里外团团转转出奇地宁静。静得人感觉似乎要出一点什么事儿。其实人间的一切都还醒着，然而却不约而同地默默无言。鸡不啼、狗不咬、牛马安宁地待在栏圈里头，连尾巴也都懒得甩一下。仿佛偌大的世界都给一个罩子罩住了。

干旱季节的雾是淡若轻烟的，好像刚刚留神它的形态，日光一照，就悄没声息地消失了。

绵绵秋季的雾气是腻人的，它总是和雨日相伴。雨停了，雾升腾而起，不知不觉间，也就不见了。

夜雾是随着黄昏的来临升起来的，夏日的傍晚，这一幕会看得特别清晰。雾气从河谷深处柔柔地漫上来，漫到岭腰间，漫进峡谷，漫到寨子四周，和寨邻乡亲们做伴。

冬雾是凝滞不动的。凌晨早起，从寨子里望出去，河谷上空、田坝里、杉树林边上，真的像画笔抹上去一般，全是灰蓝白净的雾岚。那时候你会由衷地感到，雾是美的。

大山里最好看的雾，往往是连绵多日的雨季近了尾声，才出现的。细刷刷的雨声洗净了屏风般的山崖，树木愈加葱绿了，草坡上这儿那儿，星星点点地拱出了五颜六色的花朵，晶晶莹莹的，煞是好看。天朗开了一角，辉煌灿烂的阳光，眼看着就要从厚重的云层里挥洒出来。雾气浮动着，雾色出奇地白，一座座千姿百态的山峰，从浩浩淼淼的雾岚里拱了出来。这时候来了一阵风，你看吧，眼前顿时出现一幅浪涌峰浮的巨大画面。

哦，古往今来多少泼墨写意的大家画过山岭雾色，但我从没见过如此动人心魄的美丽景色。

大自然的鬼斧神工，常常令杰出的艺术家也只能瞠目结舌。

雾岚是多姿多彩的，像我们的生活。

山乡短笛

久居山乡21年，乍然回到故乡上海，置身于大都市的喧嚣声浪和逼仄的居室环境中，整日里感受着满街拥塞的人潮车流，感受着转晕了脑壳的快节奏，感受着情绪里的那种欲望和竞争意识，感受着以钟点和分分秒秒计算的时日，几乎无暇顾及天空和大地细微的变化，更无意留恋大自然的绿荫和流云。忙碌得直觉够呛时，心跳就加速，睡眠也欠佳，待人接物的情绪随之受到影响。于是乎便以“一闲对百忙”的姿态，搁下一切繁杂琐碎的事务，伫立在书房的窗前，呆痴痴地仰望天空，天是一块块地仿佛被分割的；眺望远方，目力实在望不出去，不远处的楼房早把一切都挡住了。每当这个时候，情不自禁地就会怀念起山乡里的云雾浪涌峰浮般托起郁郁葱葱的树林，山岭里淙淙潺潺清凉见底的溪水，神秘莫测的洞穴及偏远乡间一切鲜为人知的风情俚俗。还有那一冬三月里的凌冻，那风也萧萧雨也潇潇的绵长秋日，那震天撼地的夏日冰雹，那春天里泛滥的河流与悬挂在崖间的飞瀑……

深深地感到乡居岁月和都市生活的强烈反差和对比，一股返璞归真的意绪亦便油然而起。想到一点，便随手记下几句。日子稍久些，翻阅整理，便有了这一篇《山乡短笛》。唯因其短，写起来也就随意。读起来该也是轻松的吧。

连天连月处于喧哗忙碌中的都市人，但愿这支短笛给你送去轻风拂面般的诗意和温馨。

莫　芋

插队时初次赶场，看到卖豆腐的摊位旁边，总有一种黑颜色的豆腐卖。村妇村姑把黑豆腐摊在板子上，用削快了的竹签子一划一块卖给客人。

那年头场街上纯黄豆推的豆腐卖二角一块，而这种黑豆腐只卖一角钱一大块。可谓是廉价食品。于是问，这叫什么？答曰：莫芋豆腐。用莫芋推来做成的。热心的寨邻乡亲还在劳动时挖出一只莫芋递给我看。

我当时就笑道：这不是同上海见过的芋艿差不多嘛！只是个头更大更粗蛮些罢了。农民告诉我，那不同，芋头（艿）煮来就能吃；莫芋煮来吃，有一股苦涩味，受不了。但推成豆腐，则是家常菜肴中的上品。

怀着好奇，买来炒着吃，果然好味道。乡居久了，学着像农民们一样，炒时放点辣椒、蒜，别有一番风味。有条件时和着肉末炒，味更佳了。

莫芋这东西贱得农民们都不愿去栽种，房前屋后、寨里寨外、山野林边、沟渠旁田坎脚，都能挖出来。

乡民们也有直呼其黑芋、野莫芋的。总之不把它当一回事。

哪晓得到了80年代，这东西一下子贵重起来，在报刊上被称作“魔芋”，成了疗效食品、美容食品（据说具有很好的助控体重作用），远销日本和东南亚各国。一时间，魔芋面条、魔芋饼干、魔芋冷饮、魔芋营养药物甚嚣尘上，魔芋还成了乳化剂、食品防腐剂、增稠剂和化妆品的主要原料。盖天劈地的声势把我也闹糊涂了，不由自主又引用了一次“精神胜利法”，插队落户当知青时，常吃莫芋，莫非真是因祸得福，无形中增加了营养，才使得今日精神不垮？但是国外目前大量的进口我国的莫芋片，那是事实啊！将信将疑之中，去查书本，原来“魔芋”属天南星科，学名叫蒟蒻。李时珍曾在《本草纲目》中道：“有人患瘵（即今日之肺痨），百物不忌，见邻家修蒟蒻，求食之美，逐多食而瘵愈。”看来魔芋确有疗效。《中草药大词典》又载：魔芋能化痰消积，引瘀消肿，治痰嗽、积滞、经闭，跌打损伤、痈肿、丹毒、烫火伤；同时还有扩张末梢血管，降血压，对白血病白细胞有抑制作用。民间传的，魔芋有治癌作用，看来也不是胡编乱造。日本的一种特优美容食品，“海慢纳”，其实就是从魔芋粉末中提取的葡萄甘露聚糖粉末。

哎呀呀，看来莫芋确实该叫魔芋。但愿我当年吃下的那么多魔芋豆腐能保佑我活到一百岁。

竹　鸡

和竹鼬相仿，竹鸡主要居于荆竹林中。形状与童子鸡相同，无尾翼。毛色有瓦灰，更多与鹧鸪相似，褐而多斑，喜食蚁类。

在我插队的乡间，可说是遍山野都能见到，遍竹林都有竹鸡的拍翅之声。但产得最多的，还是黔西南各县。《安南县志》云：“家有竹鸡啼，白蚁化为泥。”即说了它捕食蚁类的特性，又告之我们竹鸡捕来后可作家禽喂养。但在我插队的岁月里，几乎没见哪户农家饲养竹鸡。

都说竹鸡肉味道鲜美，食后也真切感到一般家禽所不能比。但很少见到农民们捕来食之。问是何缘由？答曰：它那么巧小，吃它不残忍？前几年出访东南亚时途经香港，见街头时有野味店；近些年此类店牌在沿海城市也冒了出来。于是深感乡里山民和都市文明人，都有各自的文明标准。

久　长

我插队落户当知青的地方叫久长。

那时是久长公社，如今是久长区。

曾经问这地方为何叫久长，答得极为简单：原来这地方叫狗场，不知哪个文人墨客还是山乡秀才，嫌这地名粗俗，更名为久长。

我信。上了年纪的老农，说话间讲起久长，发的音显然是狗场坝。

但我又有疑惑：在附近团转的山乡，叫鸡场、苹场、猫场、蛇场、牛场的地名比比皆是，甚至还有马场坪，还有龙里县，都不曾改名，为何独改狗场？

没人答得清我的这一问题。于是有人斥我，专爱钻牛角尖。

我就想：久长这地方，大概多少是有点奇妙之处的。要说久长这两个字，在贵州话里，读起来和狗场几乎没多大差别，也显示不出多少文气。仅仅只不过在感觉上，觉得不同一点而已。

时常谈论的“下里巴人”和“阳春白雪”，大概也同这地名更改差不多吧。

有一点是要申明的，那就是狗场比久长好记。不信请读下一则。

南白镇——懒板凳

遵义南部有个地方叫南白镇。

沿黔北一路步行时，在这里吃过羊肉粉并小憩。吃饱了无事便打听，此地为何叫南白镇？

答话的人又讲出一个故事：南白镇是抗战时期避难来此的文化人改的，没什么意思，就只因这地方原来叫懒板凳。谐音而已。

“懒板凳”作为地名是不好听，却很出名。过去编的《星火燎原》一书，很多将军、元帅的回忆录里，写到长征路过遵义，在这一片转战时，都提到过它，且在这里打过仗。

我又刨根究底：古人为何不可起个好听点的名字，非要叫懒板凳。

这又引出一番说道：这地方实是遵义南部的要道，南去省城贵阳，西通仁怀、金沙、赤水河，北上则去遵义、重庆。原先的三岔路口，长着一棵奇异的树，这树不像一般的树那样朝天长，而是与地面平行生长，恰又在路边，很像一条长长的板凳。过路的行人累了，或是在镇上幺铺子里吃过饭，也像你们几位一样，坐下歇息，聊起黔北风情，或是一路见闻，或是茅台奇酒，往往贪坐着就不想起身赶路。因而就让人呼作“懒板凳”。

后来我曾陪客人去遵义，过南白镇时给他讲出这一番典故，那外省客人竟仰天大笑，说天下大小镇子的地名都容易忘，唯独这个地名，他听过一回就永远也忘不了。

我们的一些传之久远的通俗文学作品，诸如《说岳》《说唐》《杨家将》《七侠五义》等，历朝历代都有群众拜读，大约也是这个道理吧。

还有一个花絮也可记在这里。

七届人大代表，原贵州省顾委主任，再原先是贵州省委副书记徐健生同志曾说：解放初期，由上海调任贵州省委书记的周林同志去北京开会，毛主席曾经问他：你们那里有个懒板凳，在什么地方，知道吗？

可见，懒板凳这个地名，给人的印象是很深刻的哩。

雷声震天响　春雨满田坝

这两句话算不得诗，却是我在乡居岁月里根据切身感受写下的。

和“雷声大、雨点小”恰巧相反。

前面提及久长的时候，我说这地方必定奇妙，这一点可说是奇妙之一。

春回大地、打田栽秧的农忙时节，农民们是盼雨水的。但雨下得过多过久，他们又是怕的。

贵州历来有“天无三日晴”之说，连续不绝地下，不仅易涝，且还无法做农事。

久长地区到了这一时节，天天晚上打雷下雨，雷声越大，雨量越是充足。雷声平息下来，雨水也就停了。

第二天走出寨子，看吧，溪河里、沟渠里的水都快满出来了，山水沟里哗哗啦啦淌着水，田缺口里在淌水，山塘里蓄满了水，连地势低洼的路上，也积起了水。最好看的还是崖壁岭腰间，一冬不冒的山泉里也在喷水，远远地白练一般悬挂着，形成细长的飞瀑。连绵无尽的群山经过雨水一夜的冲刷，显得滋润而颇富秀气。

让人惊讶的是，雨过必然天晴，昨夜的雷雨大，今日的阳光必然灿烂。老少农民们必然是欢叫着、嬉笑着跃向田间、走上山巅，去田头土边精心耕作，巧织大地的春天。

在一二个节令期间，多则二三十天，少则一二十天，天天晚上雷声隆隆，雨水不绝；而到了白天，则像换了人间，雨后放晴，令人欣喜。

起先我始终解不透这是何缘故，久而久之，我不想而通了。千百年来，各族人民栖息在这块山国的土地上，繁衍生长，日复一日，年复一年，自然有其内在的道理。就如同太阳从东方升起，月亮有亏有盈一般，无甚大惊小怪的。山野环境，不能说好，但说不定就是这自然这气候，使得农民们劳有所获，五谷丰登，使得这一份人世间的日子，一天一天地得以打发过去。就如同农民们对我说的：唯独你这外来的人，对啥都好奇地要问为什么为什么，在我们，这事平常得很！它就是这样的嘛。

杜　仲

插队的乡间有杜仲树。

上海人提及杜仲，说它是药，名贵。因为可治一度十分猖獗的高血压。实际这药专指从杜仲树上剥下的干燥树皮。

杜仲树也叫丝棉木、玉丝皮。那是因为它的根和树皮内都含有银白色的弹性杜仲胶，细密绵长、折断叶或皮，拉开有丝相连。

杜仲有家种，也有野生。传统观念，都认为野生比家种的好。杜仲不仅有药用功能，也能做电器绝缘材料。药用杜仲须先用盐水浸化，再用小火炒后晒干。曾有同学托我带两斤，其实一斤就要装大旅行袋半袋之多了。杜仲的药用功能为补肝肾、壮筋骨、安胎、降压、小便余沥、神经痛等。

初下乡时，杜仲仅卖七八角一斤，后来内迁的厂矿多，带的人多，涨至两三块钱一斤，七八块钱一斤，那仍然是便宜的。乡间剥取杜仲皮，通常采用局部剥皮法。一般选择15年以上的壮实树木，按规格大小，在离地一尺以上剥取树围的皮之三分之一。以便于若干年后，树皮愈合复原，又可继续剥取。

贵州的杜仲皮细肉厚，深受欢迎。但也引出杜仲的悲哀，时去乡间，常有当地农民相陪去看杜仲林，有一次来到杜仲林前，只见满坡杯口粗的杜仲一片青白色，树身上一点皮子也不剩，在山风中颤抖。且不说树龄未到，药效是不足的。就是剥，也不能剥成这一丝不挂的裸身啊。

陪同的农民说："这一片林子是完了，全死了，都是被盗剥的。"

风声呜咽，恍觉是杜仲林在哭泣。

牛 角 粑

城里人过五一、十一、元旦、春节，妇女过三八节，孩子过儿童节。偏远乡间除了春节之外，山里人更看重的是元宵、端午、重阳。

元宵节吃汤圆，端午节吃粽子，这在都市里也时兴。唯独九月初九重阳节，都市里不放假，也没多少节庆气氛。但在山乡里，即使是在我插队那几年，还是要打粑粑蘸蜂蜜、黄豆粉，舒舒服服吃一顿的。在这个节日里，有心的乡民还要特意做两块大糯米粑粑（即糯米块）挂在牛的犄角上，牵着牛满寨转悠。走过堰塘、水塘、沟渠、河溪边，还要把牛牵过去，让它对着水瞅瞅水中牛的影子，好像特意让它看到，主人对它的奖励。然后就取下糯米粑，喂给牛吃。

我曾打听这是何故，答曰自古以来就是如此。人要休息，牛一年做到头，这一天也随人过个节。我想想这答复也过得去，是啊，安顺地区的关岭牛，以役肉兼用而闻名于世。它劳役一辈子，死后的肉还供人吃，贡献可谓大矣，应该尊重它一些。

一个偶然的机会，去仡佬族聚居的镇宁、普定一带，才晓得这一风俗是由仡佬族影响给汉族的。农历的十月初一，仡佬族称之为“牛王节”，要让耕牛歇一天。传说这天是太子下凡做牛的日子，故而要供奉一番，先祭祖后敬牛，并让牛“照影见情”，吃上糯米粑粑。讲究些的，还要用树叶子泡水给牛洗澡，以求风调雨顺，五谷丰登。

这一风俗不仅有趣，还表达了人类对劳苦功高者的敬意。近些年来，黔南一带好几个县，引进了役、肉、奶三用型的良种牛，不但形象更为漂亮了，牛的功劳也更大了。牛王节的风习会变得更隆重吧。

对牛的劳动该表示尊重，对于人的劳动，我们不更该表示尊重嘛。

“牛”文化

前面提到著名的关岭牛，不能不同时讲一讲山地的牛文化。

这并非附庸风雅，也不是赶时髦。产自关岭地方的良种黄牛，远销南方沿海好几个省市。吸引我关注牛文化的，是两件事情。

其一是在宣传“万元户”的年头，有人经手组织贩运关岭牛而发了大财。下乡时放过牛，深知牛的习惯，虽是温良恭俭让，但一旦犯了牛脾气，发起牛劲来，那人也是奈何它不得的。即使不犯牛脾气，生起病来，一对牛眼睛瞪得老大，泪汪汪地瞅着你，那滋味儿也难受，更不好伺候。现在竟有人成批地翻山越岭隔省去贩牛，还发了大财，可见关岭牛的知名度和它受欢迎的程度。著名的花江牛市，几乎场场爆满，平顺宽大的坝子里，成百数千的牛被牵来等待着交易。

其二是当地奇特的喂牛饲养方式。这里的农家，由于本地产良种牛，少则喂牛五六头，多的喂二三十头，至于喂牛十来头的，那是很平常的农户。说他们喂牛，其实不过是一种习惯的说法而已。这里的牛大多散放在山坡上，稀疏的林子边。若是晚上无雨无雷暴，牛们大多也是不回家的。任凭它们在坡上踯躅于哪一处歇息。若这天擦黑时分，寨子上的牛大多数回家来了，那么夜间的天气必定要变，这是很灵验的。

汉族寨子的牛，多半关在圈里，布依族也然，唯独苗家的牛，是关在吊脚楼下，人住吊脚楼上，楼下的牛有点动静，楼上的主人必然知觉。

正因这一散放自在的喂牛方式，也引发不少盗牛案子。一家失了牛，满寨的人帮着追牛、找牛，提供线索，不需报酬。牛是良种，一头少说上千元，失牛毕竟是件大事。但散放的喂养方式，仍固执地不变。因而有胆大妄为的盗牛贼，轻轻易易成了暴发户的。

至于娃娃取名叫大牛、二牛，门斗做成牛角形，斗牛的习俗，以至于逢年过节贴一张画着牛的彩画，还有蜡染、织锦、刺绣上都有牛的图案，都已经是很普遍的现象，不需一一细说了。但把它们归入牛文化的一部分，大概不会算牵强附会吧。

鸭　子　塘

鸭子塘离我插队落户的砂锅寨很远，在斗篷山脚的湾湾里。从寨子去，要走一个多小时，约摸十几里地。

初次去，猜不透鸭子塘的水从何而来。问了人，才知鸭子塘由阴河水和天落雨汇聚在山凼里形成。但它不是一潭死水，由阴河送来水，也有溶洞消去它的水，所以它的水始终是清澄的。

没见鸭子塘里有鸭子，无人会赶鸭子走十几里山路来塘里。鸭子塘是大牯牛、老水牛嬉戏的地方。盛夏时节，牛们在嫩草坡上吃饱了，纷纷进入鸭子塘，驱赶牛虻，洗涮身躯上的泥巴泥痕，一待好几个时辰。

人却不敢下塘，只因从阴河淌来的水太冰。有年大旱，敢想敢干的青壮小伙们引鸭子塘水，灌溉田地，结果颗粒无收。

鸭子塘四周群山环抱，高耸的山峰、浓翠的树林和山野百物，蓝天白云全映在一泓塘水里，甚是好看。

去鸭子塘边放牛，或是秋天去熬夜看守成熟的苞谷，带一本书，坐在草坡上，看乏了也只能对着牛自言自语，大地是安寂的，山野是宁静的，孤独寂寞，却又自由自在，三里五里的远近山坡上都不会有人出现。人的思绪可以甩得很远，也可以拽得很近，正好思想。

20 世纪 80 年代，砂锅寨有人来贵阳告诉我，那地方静不下去了，要开发，正做规划。

开发以后我要去看看：那里有我青春的梦，有一连串放牛的时日。

瑶家药浴

都市家庭的各种各样现代化电器热中，煤气淋浴器和电热淋浴器热，是一令人瞩目的现象。众多搬迁新居的人家，对浴室的装修、洁具的选择也愈来愈见水准。至于各类向大众开放的浴室，重新进行装修提高标准，也在社会上形成热潮。更有宾馆的豪华享受，什么蒸汽浴、桑拿浴，还有电视新闻中播出的泥浆、砂子浴，真有股令人眼花缭乱之势。但在我看来，这都比不上瑶家药浴。

居住在贵州从江县的高山瑶胞，整日生活在“开出门来就爬坡”的山上，空气清新，满目阅尽人间绿色，在山野树林葛藤草丛之中，各种药草俯拾皆是。他们采摘令人耳聪目明、强筋壮骨、祛除风湿、舒筋活血、清热解毒的各种草药，少则十几味，多则几十味，根、茎、叶全数洗净、切碎，悉数倾入沸水中煮滚。待水质变成药汁，遂捞起药渣，将药水倒入高而深的木桶内，并倒进凉开水，即能进行药浴。

人入桶中，不需像一般沐浴那样擦肥皂搓洗动作，只要静静地泡在不易散热的桶中约二三十分钟，药热自会慢慢透进人体舒张的毛细血管发挥作用。药浴者自会额颅冒汗，乌发浸润而后出气，周身酥软。令人稀奇的是，尽管不曾搓洗，出浴者自会感觉皮肤滑爽洁净，浑身舒畅。

每隔五日，瑶家药浴一次，常以逢一和逢六之日进行。年复一年，周而复始，经久不变，瑶家人称此为消灾除难，在我看来实为延年益寿之良举。

高山瑶族，粗茶淡饭度日，伦理道德讲究清心寡欲，长寿者甚众，益气强身的药浴也是一大原因。

时至今日，还没听说将如此科学的药浴引入都市文明中来。反而时常风闻什么按摩女之类在活跃。真怪！七星八星级宾馆，如果把这药浴引进，恐怕吸引的老外“不要太多噢！”

六广七峡风光

我插队的修文县在贵州高原中部，全县总面积1 071平方公里，通俗的说法折合为180万亩。那时候人口20来万，至今也不过25万人口，比上海一个区人数少得多。修文县所辖五个区，其中城关、扎佐、久长尚好。而地处偏远的六广、小箐则属贫困地区，当地老百姓有两句俗话，叫作“六广小箐苦荞巴”，或者“六广、小箐，苞谷当顿”。说的都是一年四季均吃苞谷和荞麦，贫困的帽子看来是摘不掉的。

当年很多上海知青，在这两个区里插队。知青有互相串门走动的习惯，也正是在那时，领略了六广河的峡谷风光。

六广，是修文县的北大门，离县城70余里，整个地坐落在六广河东岸的半山坡上。民间誉为“山区一盏灯”（即富饶之地），那是专指明洪武年间（14世纪）六广驿的盛况。人世沧桑巨变，如今的六广穷而荒僻，唯六广河景致格外诱人。

六广河属乌江水系，是修文县和黔西、金沙、息烽的界河。从老鹰岩到姊妹峰40多里长，碧波荡漾、流速缓慢。沿江七峡，风光美到极致。一峡称之老鹰峡，岸左石崖高达200米，直立石岸，傲瞰奔流，活似一巨大雄鹰腾飞水面，气势逼人。二峡谓猴愁峡，江水滔滔，两岸翠绿，浓荫蔽日，有猴子数百只，据考证均为恒河猴，分群栖身于两岸山林，游客泛舟而过，猴子啼叫攀跳，大胆的还窜往江边。李白所书“两岸猿声啼不住，轻舟已过万重山”在长江上已不可见，在六广河上恍惚重现。三峡叫飞龙峡，在银白色瀑布群峡谷之中，长数百米，左岸活似飞龙跃下河谷的瀑布，高达百米，撒玉溅珠般直泻而下。顺流往前，妙笔生花似的在一岩上立着棵高大石柱，江水即由此穿过水帘洞，水色也奇妙地由混浊渐趋清亮。四峡赤壁峡，赤壁即红岩矣。崖壁岩石，从顶巅至山脚，均呈赤红，映蔽江面。第五峡呼之象峡，入峡处一岩脊直插江水，犹如大象戏水，重现桂林象鼻岩。六峡系剑劈峡，沿江一片劈面构成的直岸，刘家沟伏流从这里的青龙岩流出，形成高达40余米，山岩凹进去百余米的洞口瀑布。七峡望峰峡，也即姊妹峰，只见两座山峰，一座不比另一座高，恰似姐妹，终年屹立江边，山巅古树当帽，犹如文章的神来之笔。出得姊妹峰，六广河进入乌江，又是一番风光。

游过六广河的客，大多去过三峡，相比而言，游人无不惊叹六广七峡之奇之妙，呼吁开发之声自然可谓日日高。但我则不以为然，不论是修文石林、多缤洞、六广峡谷乃至岩鹰水库和往黔西方向的百里杜鹃，真正开发成现代化的旅游胜地，简单算来投资也得达数亿。有这数亿元人民币，我们可干很多更急需干的事。况且，眼面前即使花去数亿开发出来，能收回来吗？去那山遥远、水遥远、道路遥远的佳景旅游，交通是少不了的。现今中国，能有多少人开着车进去一游？还是留待国家强盛时，让我们的后代规划开发吧。

读者诸君要说了，既如此，你又为何耗费笔墨写出来呢？答复倒是不难的，坡是主人人是客，以文字记叙下这些鲜为人知的风光，留备后人查考矣。若说今日有何用途，我在此文开头已说了，目的在于给嘈杂的都市拂来一缕山野之轻风，别无他图。

该说明的是，所有描绘的这些景物、俚俗乃至动物、植物，都曾在我的小说里出现过，只是在小说中，不可能停顿下来专事描绘，且地名随小说需要作了改动。这一回算是补白吧。谢谢。

闲话久长

这久长实在是个好地名，让人和人的情谊久久长长，让人与土地的情感久久长长，让人长久长久地记得它。

车来车去，每回过久长，不管车里有多少人，不管别人会不会有意见，我都要请司机把车停下来，让我下车去走一走，看一看，不为别的，就为了却一下自己的心愿。

同车的人不甚熟悉，我也不多言语解释。同车的若多是熟人，我便大言不惭地告诉他们，这儿，久长，是我插队多年的地方，大有革命老前辈返归当年战斗过的地方，那种说话语气，且还有点洋洋自得。直到友人无恶意地对上山下乡那件往事耿耿于怀地说出几句讥讽的话来，我才收敛一些自得的神气。时代使然，那怪不得友人，自然也怪不得我。虽然是因为插队落户，我才来到这块小小的无名的地方，但是每一个人对他生活过多年的地方，都会产生一种割舍不断的感情。况且我的青春，我的追求，我同文学的缘分，甚至我的爱情，都是从这里开始的。我不能像一般的路人一样漠视这个地方。我在这里住得太久了，久得甚至对这里秀丽的风景都变得有点麻木了。

现在一旦下了车，我便急急地跑去寻找和辨认。寻找我初到久长那个飘洒雪花的晚上住过的房子，寻找那间陈旧的设备简陋的邮电所，寻找候车时久久与我为伴的那棵电杆，且把眼睛睁得大大的，辨认一张张路人的脸，极力地想从身边走过的人中间认出一两个当年的熟人和乡亲，真的喊出一两个熟人的名字，我便顾不得满车人还在等待，就站在路边和那人聊起来，寨子上如何，乡间怎样，酒疯子还活着、照样酗酒，小虎儿的女儿现在都快出嫁了……唠上几句，我会感到踏实，感到心安一点。若是听到一点好消息，我还会带着满意的表情上车，大声招呼司机“开车”。俨然不像个搭车人，倒像个什么首长。

遗憾的是，这样的情况实在很少。每回下车后，故友重逢般地见过那些过去看麻木了的景致，虽还感到亲切，但是，逛过一圈重新坐回车上，我总会不由自主地生出一股惆怅之情。报纸上时常在报道，山乡里在变，村寨上在变，我的这可以称作“第二故乡”的地方，怎么总是一张老面孔，一点没变呢？于是我便闭了眼，什么话也不说，任凭车子在山乡公路上颠摇着北去或是南归，陷入闷闷的沉思冥想之中。很多住在乡间时的往事，便会那么清晰那么自然地浮现在眼前。

我记得青黄不接的五黄六月，怎样随着老乡们上山去挖蕨苔、掏野菜抵饿充饥；

我记得山路上结满桐油凌的寒冽的冬腊月间，怎样和寨邻乡亲们围坐在火塘边摆龙门阵；

我记得雨夜抢收白天晒在场坝上的谷子，妹妹怎样因没披雨衣而生了病，我曾经大发脾气；

我记得烈日下耕耘薅秧蚂蟥怎样叮在脚上，老农笑眯眯地用烟油把蚂蟥熏落下来；

我记得年年九月初霜降的头一天日子空气是怎样的清凉，山野里那一片白花花的景象；

我还记得……

我真不相信会记得那么多，但我确实仍记得。

今天的景物依旧，今天的山乡也还依旧么。若还同我在的年头那样，那真是件令人遗憾和伤心的事。1982年初冬，中央电视台的同志为我拍专题，去过一次寨上。除了上面拨款翻修了我曾教过书的小学校，寨里一切变化不大。唯一变了的，是我们知青当年住的茅屋倒塌了，是我熟悉的那些中年人脸上爬满了皱纹，是那时的年轻乡亲们现在都已拖家带口，而当时那些个老汉，好几位已不在人世……我眺望苍山，想起了一句诗："坡是主人人是客。"

我真有些伤感了，在扪心自问：这深山里的村寨，这块遥远的土地，什么时候会有点变化呢？

我算得一个有耐心的人了，我到这儿时是十九岁，可现在都三十出头了，难道还要我等？

今年初夏，北去遵义，又一次路过久长。我照例地下了车，还挎了只照相机，想把那棵当年的电杆、想把初到山乡住过的那间房子和常常光顾的邮电所、经常开会的院坝照下来，留个纪念。可是，跑来跑去，木电杆变成了水泥杆。住过的房子翻成了生意兴隆的饭店，里头人声鼎沸，那间小小的邮电所原址，修成了三层楼房，原来空落落的开会院坝上，建起了漂亮的办公楼、招待所。在饭店门口遇到一位当时二十来岁的好友，他朗声笑着告诉我，这地方在变啦，出了开磷矿的专业户，还有号称百万富翁的农民，至于惯常说的万元户……他嘿嘿笑着，文绉绉地冒出一句："鄙人也算一个。"边说边硬要拖我去家里喝酒叙旧。不是面包车里五六个人等着，我真想跑了去。

是的，我都三十八岁了。这地方再不变也太不像话了。她也该变了，该变得比过去美好一点了。

于是我写下了这篇《闲话久长》。

遥念山乡

我曾生活了十四年之久的那一片乡土，以瑰丽多彩的风光闻名，那是“黔之腹、滇之喉”的安顺修文，古时候叫龙场驿。多年以前，当我在自己的小说中写到她的偏远闭塞，写到她的贫穷落后时，我也如实地写到了她的山水风光，她那古朴醇厚的乡风民俗。

两年之前的今日，我离开了贵州回归故乡上海。两年中在忙忙碌碌、紧紧张张、琐琐碎碎的生活中，时常会情不自禁地回想和牵挂山乡里的一切。有朋自远方来，不亦乐乎地要对乡间的事问个够；得到一张那里的报纸，大大小小的消息也要看个够。不是眼馋那些醉人的湖光山色，不是为如今开发得更为便利、舒适的旅游胜地入迷，不是一欲故地重游、陶醉于美不胜收的风景之中。想得最多的，恰恰就是荒蛮山野里的安宁，偏远寨子上的静谧。还有那里的风、那里的雨，和伴随自然界的风雨栖息在那块土地上的人们。

说来难让人信，真正地开始懂得一点观察，真正地开始悟到一点创作的真谛，恰恰就是在那山也十分遥远、水也十分遥远、弯弯拐拐的山路更是十分遥远的村寨上。曾与几位初学写作的年轻人说，我琢磨出一点小说的道道，是在“看风”“听雨”的日子里品咂出来的。瞅着年轻小伙和姑娘诧异不解，认定我是在故弄玄虚的眼神，我只得如实道来：那年头清贫的生活逼得你只有以繁重的劳作去打发光阴，穷得一文不名且又不可能通过自己的努力马上改变那种状况，人便变得一无所欲、一无所惑。闲暇下来，生命需要延续，日子需要打发，于是乎一小点动静也会引起我的浓烈兴趣。茅草屋外头的竹林里声音嘈杂得像有野兔乱窜、竹鸡拍翅，赶紧凑近窗前去看，却是啥也不见，而是豆大的雨点砸下来了。山野里一片细刷刷的声音，细密而又轻柔，别以为是什么轻风拂过麦田，那其实是绵长的雨在下。山乡里称作凌毛毛的霏霏细雨，飘洒起来是一点儿声息也没有的，那雨丝儿细小得你出门时都不想带伞，但只要走上三五里路，那细雨准把你的衣裳沉甸甸地浸透。就是这让人编进歌里唱的毛毛雨，我也是听得出来的。当然不是听它如何飘洒，而只消听听屋檐下的动静就行了。细雨飘洒得久，时不时隔开一点时间，屋檐下就会眼泪似的滴下一颗雨珠，清晰地滴落在青岗石阶沿上。翻书翻乏了，山野里又没更多的东西可看，看够了山，看够了雾岚，仰起脸来，看得最多的，竟然是偌大无边的天。天上云跑得快，风必然刮得凶。从峡口那里吹来的风，我往往一眼看得出，瞧啊，坡上的丝茅草全朝着一面倾斜颤动。山巅上的云层在往下压过来，风声里带着雨，那云层下就像拖着扫把；风劲吹时，雨斜斜地落下来；风小了，雨丝儿会像蚊蝇般飞舞；风挟着雷雨时，往往从山峦那边先亮起来，遂而拖带着阴云，自远而近、排山倒海地横扫过来。风轻柔温存时，蝶儿在飞，蜻蜓在翔，花瓣儿也得意，还有阳光……由风雨雾岚而山岭峡谷，由自然界而栖息在这块土地上的人们：男女老少，形形色色。我记不清自己在乡居的插队生涯里潜心入神地写下了多少与气象有关的日记，记不清自己那本像户口册一般给山寨上每户农家编号的本子是怎样密密麻麻地写满了的。

怪得很。“听雨”“看风”使我的山乡生活充满了情趣和色彩，住久了感觉麻木的山寨、田野、树林、河川和蛮蛮苍苍、千姿百态的群山，也变得亲切起来。

逢到赶场天，年轻调皮的小伙长声吆吆地唱：

山路弯弯细又长，七天七天赶一场；不买油盐不买米，赶场只为看姑娘。

哦，这歌声里蕴含着多少乡情，多少诙谐和俏皮，她由远而近地传来，在嘹亮清纯的和声里，伴着山谷的回音，唷哎——唷哎——又由近而远地传入群山，久久不散。仿佛非得让人感觉那回肠荡气的滋味，仿佛非得让人随着这歌声心魂摇荡……

回到了上海，这一切的一切自然都已远去。也正因离得遥远，思念得也就格外真切。不过我毕竟在那块土地上实实在在地生活了二十一年，在遥念山乡的思绪泛滥得最为猛烈时，我也还是记得，我居住的茅草屋是滴漏的，一大张厚实的塑料布一年四季总是遮在帐子顶上，睡觉时倾听漏雨的小鼓点。雨季里泥泞的道路上布满了深深浅浅的蹄印，非得赤脚走过去，才会觉得合适。雨只要一下得大或久，井水、堰塘水必然是混浊的。那倒不怕，挑回来沉淀半天，总还能吃；怕的是天干的旱年，堰塘里的水发了臭，而深沉的井眼里，一点水也不往上冒，那日子才叫人发慌哩！至于吃，至于其他生活条件，那就更不消言……

有人要说了，既如此，那你又何必这么思念？说实在的，我自己也在经常地扪心自问，且得不到一个能够自圆其说的答案。

若要勉强回答，那倒也不难。古代文人中就有例子，四百多年前的1508年，被贬谪居住在龙场驿的王阳明，心情抑郁时，形容贵州修文的山是：“连峰际天兮飞鸟不通，游子怀乡兮莫知西东。”而他高兴时就写道：“天下之山，聚于云贵；云贵之秀，萃于斯岩。”

另有一种解释，不知能否说通。

去年有一天，记得是六月四日，前苏联《文学报》的第一副总编来作协访问，他说在他的国家里，有二十几位作家享受的是一般人根本得不到的待遇，他们有别墅，可以随心所欲地到世界任何一个国家访问……他举例谈到的名字中，第一个就是我们多半都熟悉的艾特玛托夫，还有一位拉斯普京。在他介绍完以后，我的思绪就甩了开去。我注意到他提到的这几位作家，几乎都是描绘俄国乡村的高手，在他们笔下，表现得最生动最感人的，往往是偏僻乡村里的那些故事。他们自己有别墅，住房条件想必比中国作家好一点。那他们又为何要纠缠不休地描写泥泞的道路，用原始方式割草的农民，担水过日子的农妇，眷恋故土对开发建设有抵触情绪的老农，安卡拉河上善良的勤扒苦挣的少妇，森林里几乎未曾接触现代文明的孩子呢？莫非他们的创作思绪中也有着对乡土的眷恋和遥念吗？广而言之，在那些偏远荒蛮的山乡，在保存着无法避免的落后、原始、古老的生活习俗的同时，不也同样保存着朴素、稚拙因而令人感到奇特新鲜的东西嘛。这些东西不容置疑地显示出一种日渐消逝的朴野、天真之美，透露着人类某种返璞归真的意向，某种回归自然的美学意趣。

这样地阐述自己似乎自相矛盾的思乡情结，解释自己沉浸于山乡回忆的遥念，不知是否能说得过去？不知是否能获得读者们的理解？便写下这篇短文，求教于高明者。

拐亲私奔

那是我在贵州任乡村耕读小学教师时发生的事。

一天晚上，正在读书，寨上有人来报，我的一位女学生遭“拐亲私奔”了。这里要申明的是，说是我的学生，其实这姑娘已经19岁了。偏僻乡间，姑娘读书不被重视，长到十三四岁，就出工干活赚工分。只有农闲时节，提个书包来上几天课，所以成绩总是不好，升不了级，到十八九岁，还在读五年级。尽管如此，她终究还是我的学生啊。我听后扔下书就急着问："那怎么办？"

“不碍事的，最多三天，拐走她的男方家庭就会来通报。”来讲这消息的小伙子坦然笑道。

果然，第二天一早，14里地之外的中寨就来人报，姑娘在中寨某家。这姑娘自小父母双亡，随长兄过日子。大哥一听小妹有了着落，便和大嫂一起，对着中寨来的人一顿痛骂。而中寨来的通报客则始终是笑眯眯的，一两个钟头之后，待大哥大嫂骂累了，中寨来的客人就细细介绍男家的情况，并且说，消息在四乡八寨已经传开，生米煮成了熟饭，请大哥大嫂成全此事。于是乎哥嫂二人就和来客谈条件，因为妹子起先由哥嫂做主，许配给了别的男家，收了别的男家一些彩礼。这份彩礼加上赔礼的钱，就得由中寨的男家出；另外姑娘自小到大，拉扯她实在不容易，作为娘家一方，必要的彩礼总得收一点，这样也不至于让你们太看轻了小妹。中寨的通报客自然笑容满面，一切条件都接受。大哥大嫂呢，态度也慢慢改变，作出气消的样子。几个月后，小妹就正式地举办婚礼，嫁到中寨男家去了。

乡居十余年中，接连遇到几回“拐亲私奔”的事，我才明白过来，原来这“拐亲私奔”是一种风俗。往往发生在自由恋爱的男女青年中，而且至少有一方已由父母做主，定了亲。但青年本身，对这门亲事是不愿意的。于是就商量好以“拐亲私奔”这一形式，来同家庭抗争，争取恋爱婚姻的自由。在我遇上的几桩“拐亲私奔”案中，往往都是以老人的妥协而圆满解决的。

蛮荒偏僻的山乡，“父母之命、媒妁之言”的传统仍然盛行，而自由恋爱之风，也已吹进了山旮旯里。两种观念冲撞着，就产生了这种具有当代特点的“拐亲私奔”，年轻一代表示了抗争，父母一方有了个下台阶的机会，矛盾亦便在这一喜剧般“拐亲私奔”中得到缓解。

有朋自远方来，谈及那一片遥远的乡土，说“拐亲私奔”这类事，在我们插队时，一年中难得发生一起。而如今，一年中竟会发生多起，我听后说不出是喜还是忧了。

背带恋三则

背带，俗话称背衫。它的实际功能，是山乡妇女生下娃娃之后，背娃儿用。但在各族群众千百年的运用和发展之后，背带逐渐地又有了它充满风情气息的艺术美和独特的俚俗。

我曾经生活了21年的贵州山乡，是最具特点的地区之一。80年代开放以来，背带不仅在贵州广袤的乡村始终得以普遍运用，且在一般的中小城镇都有出售，即使在大中城市，也时有所见。在风景地、在大学区，我甚至还看到几个外籍妇女，很自豪地以漂亮的背衫背着自己的孩子。想必，他们也觉得背带不但经济实用，而且是种艺术品吧。

背　带　恋

贵州渐为世人所知的西线风景区，除了有举世闻名的黄果树大瀑布群落，有奇妙无比的龙宫，还有一个胜于鬼斧神工的打鸡洞。这打鸡洞内发现的钟乳石，由于它的精美、神奇、独特、不可解释而吸引了成百上千的中外专家前来观赏研究，更因它传开的名气吸引了成千上万的游客。

打鸡洞在织金县，人们在到达织金县游览的同时，惊异地发现，这里的苗族青年男女谈恋爱时，离不开背带。况且，每个女青年进花场时，身上都背着这么一个空背带，仿佛这是入场券似的。

原来，年年的农历二月十八、七月十五至十八的花坡场，是这一带苗家的跳花节。姑娘们纷纷穿上漂亮的衣衫花裙、背上精心绣成的背带，到这里来耍，更是来挑选意中人。而这花背带，就是一种标志，表明姑娘至今尚未选定对象。同时，这背带又显示着自己在缝绣中的能干和手艺，希望青年男子通过背带上的花纹图案，洞察自己的干练和巧手，以博得意中人的青睐。而踏进花场的男青年，在交谈对歌之前，往往也就从背带刺绣的图案是否美丽匀称、色彩是否协调、工艺是否精细、整个画面是否引人入胜、是否具有想象力等来推断并判定姑娘是个什么样的人。就如同读者可以从作品中看出作家的风格一样，聪明而有眼力的小伙子，几眼就能通过姑娘的背带看出姑娘的为人和个性来。况且，来挑选对象的小伙子，身旁往往还有几双义务参谋的眼睛呢。

由此，也就能看出这背带对一个豆蔻年华的妙龄少女该是多么地重要！它是跳花坡上的绿灯，是与异性交往的桥梁。溪河两岸、竹林边上、树荫底下、半山坡上，背着空背带的姑娘和小伙子们三五成群、遥遥相对，或对歌、或谈心，当双方都感觉到情投意合有悄悄话要谈时，就不约而同地离开众人隐入密林丛中或是大树后面，作进一步的推心置腹的深谈。谈成了以后，姑娘就再也不需背着背带进跳花场了，她只要安心等待着喜庆的佳期来临。

织金县的珠场、龙场、关寨等著名的苗族跳花坡，少则有万人上下出入，多则有三四万人，盛况空前，背着花背衫的姑娘们比比皆是，十分引人注目。站在高处向着花坡眺望，嗬哟，那简直是一片花的海洋，壮观极了。

从民俗学的角度来说，落落大方、真诚坦然地背着花背衫进入跳花场的姑娘，一开始就以此隐喻的方式直率地承认恋爱、结婚、建立家庭必然是和生儿育女、传宗接代分不开的，反映了山乡民间对生生不息、宗族传承、递继子嗣的重视。

送背带

在贵州的另一个少数民族——布依族的风俗中，漂亮的背带则是由未来的老外婆准备的。

当得知自己已经嫁出去的女儿怀孕以后，老娘亲就要精心地准备背带了。而当出了嫁的女儿即将生育之前，未来的老外婆就要把漂亮的背带送到女儿跟前，以表老人的心意。

背带，在布依话里叫作“那”，做得特别考究。它分成里外两层，里层用的是棉布，还垫着薄薄的一层棉絮。外层则常常是用丝绸作衬，背面绣有多种花纹图案，丝线的配色也甚为讲究，工艺精细，制作这么一个背带，往往要花去几十个工。它是老人送给女儿的礼物，也是老人送给隔代儿孙的礼物，因此意义非同小可。绣得特别精美的背带，就会在整个布依寨子里传看，引得寨邻乡亲们的阵阵由衷的赞叹。当用这样的背带把娃儿背大以后，做母亲的就会悉心将背带收起，藏好。多少年以后，等娃儿长大了，特别是见到孩子有出息的时候，母亲就会把背带拿出来给孩子看，告诉他就是用老外婆亲手做的这个背带把你背大的。当儿女的，也就会像对待传家宝似的，把背带收起来。

当已经嫁出去的姑娘即将临产，生第一个孩子时，能收到娘家母亲送来的花背带，感到的不仅是温暖的母爱，更会有一种自豪感和责任感。我想之所以产生这种感情，这里面是否也包含了对人类繁衍、传承的神圣的责任感。

正因为如此，所以送背带的仪式也就格外的隆重了。

送背带的这一天，未来的老外婆要邀约同一寨上的亲朋好友们一道前往。送去的礼物，除了绣得十分漂亮的背衫之外，还有被背面、垫单、柜子、绣花帽儿、娃娃鞋和一些酒肉、糯米粑粑。陪同送的亲友们，也分别都要带些诸如土布、花布、大米、糖、面条、糕饼之类的礼品以示祝贺。

送行时，未来的老外婆抱着背带、打着花伞走在前面，陪同前往的亲友和抬东西的小伙子跟在后头。讲究一些的人家还要雇上两个唢呐吹奏员热闹热闹。

而为了迎接丈母娘送来的背带，女婿一家子也得忙个不亦乐乎。前两天就要杀猪宰鹅、操办酒席、准备宴请远近客人。

到了酒席桌上，更有双方的男女对唱酒歌和送背带歌，把这一仪式推向高潮。而远近的寨邻乡亲，也就自然晓得，某户人家最近又喜得贵子或是添子添孙了。

婚礼上讨花带

如果说甚为讲究的背带是姑娘或是老外婆的大作品的话，那么很多姑娘几乎与背带一同绣的花带，则只能说是习作了。

在贵州的苗、布依、侗及其他少数民族的姑娘，长到十四五岁时，就都要学绣花、学蜡染、学织花带了。

在带子上学绣花，固然是为了操练绣花的本事，绣到一定的水平，花带就是社交活动中的礼品了。绣出的花带，可以在赶场天拿出去卖，可以随手缝在袖口上、衣领边，可以和花帕一起扎在头上，到了逢年过节时，可以送给贵客、送给在游方时结识后相约再见的后生，但更大的用处，则是留来在自己嫁到男方去时，送给来讨花带的后生们。

讨花带，是婚礼上一个颇有喜剧性的热闹场面。

新娘出嫁前，当伴娘的就要把姑娘多年精心编织的花带，剪成一米来长的一截一截，连同衣物及其他东西，由伴娘背到男家去。

到了男家，新娘、伴娘和陪送前去的姑娘们，单独待在一间屋子里，吃过了晚饭，就等寨子上的后生们来讨花带。

后生们来讨花带时，得把新郎拉来。而姑娘们见后生们来了，往往故意重重地把门闩上。后生们这时就会急急地赶过来使劲拍门，姑娘们这才表现得极不情愿地打开门来，伴娘这时就要严厉地问："你们想干什么?"答话的往往是领头的后生，他不是个巧言利舌的人，也必然是个能说会唱的角色。他会琅琅上口地唱道："夜歌不能白天唱，花带不能伴娘送；讨根花带认新娘，有请新娘走上前。"

新娘哪里经过这一众人围观的大场面，只能羞涩地低下头去不吱声儿。如果伴娘是个善言善语的人，就会唱歌盘问调皮取笑的小伙子们，要小伙子们见子打子当场回答问题，那场面便会热闹非凡，歌声笑声不断。两个寨子的姑娘、小伙子们也就增加了一个接触和相识相知的机会。如果伴娘也很老实，比较怕生，那么她至少也得表示这么一层意思：既然你们是来认新娘的，那么我们远道而来的就要先认认新郎。新郎被推到前头来以后，伴娘还要盘问他一两句话，不管那问题多么好答还是难答，聪明的新郎都不消自己开口，那个巧言利舌的后生自会给他对付过去。

说笑嬉闹一阵以后，伴娘会把包好的花带拿出来，首先递一根给带头戏谑起哄的领头后生，领头后生必然不愿接，他坚持要新娘先送给新郎，并且还必须得让新娘亲手拴在新郎身上才算数。

这一过程使得讨花带进入高潮。新娘听到这种要求，自然是背着手将身子扭到一边去，扭转绯红绯红的脸不言语。小伙子们就会趁机起哄怪叫，姑娘被逼得无奈，只得冷不防把花带扔到新郎胸前，这时候姑娘和小伙子们会一起不约而同地大声嚷嚷：不作数，不作数！一定得要两只手捧着花带恭恭敬敬递过去。新娘为了过这一关，只得照做。但新郎见新娘把花带递过来，劈手夺过，转身就跑。小伙子们哪里肯依，一起扑过去将新郎抓回来，推到新娘跟前，要新娘亲手把花带拴上新郎的腰间。新娘越是害羞越是受罪，最终仍要在越围越多的人们起哄声里把花带拴上新郎腰间，才能过关。

当新娘终于给新郎拴上腰带时，人们就会拍手大笑，故意推推搡搡地把新郎新娘挤做一堆。到了此时，伴娘自会拿着花带挤过来，把花带一根一根递给新娘，让新娘把一根根花带散给小伙子们。

人们尽欢而散。

債 I、II

民族习俗二例

苗家、侗族的草标

插队落户时，我和妹妹以及她的同学（我今天的妻子）三人，曾在几乎是纯苗族地区的黄平县谷陇区参加湘黔铁路会战，虽然组织成民兵团的形式，我们同一公社的年轻小伙子和姑娘全编在一个连队，但是因为要抢修铁路，在连队工棚修建起来前，统统分散在山岭河谷的苗族村寨上居住。

一个星期天，我到妹妹她们女民兵居住的一个坐落在半山腰的苗家寨子去，因为去过多次，熟门熟路了，便也径直穿过院坝，直接往苗家木楼的台阶上走去。

谁知我妹妹惊叫着跑出来，连连向我摆手，并以十分坚决的语气朝我嚷嚷：

“不要进去，哥哥，不要进！”

我只得停下脚步，诧异地望着她。她疾步走过来，指着台阶前竖起的几束茅草打的结说：“看到这个了吧。这是示意主人家有事，陌生人不能进去。”遂而，她又放低嗓音悄悄告诉我，房东家的儿媳正在生孩子，以后的一段日子，都不要贸然进去。

这是我第一回晓得苗家有此既古老又文明的习俗。那些年里我正在学习创作，自然就对这些民间俚俗特别感兴趣。后来，在贵州待得久了，走的地方也多了，便晓得不仅黄平谷陇的苗家有此风俗，且黔、桂、湘各地的侗族，同样盛行这样一种以草标示意的方式。这个“草结”在侗语里称“古”。放此草结叫“多古”。意为“打结”、“设标”、“做标志”，翻译成汉语通常谓“打标”。追究起来，这一方式还得追溯到原始的“刻木为信，结绳记事”时代，可以视为一种特殊的告示。

步入苗家、侗族的山乡，时常可以见到这种表示提醒、引起路人警觉的草标。有人把几棵草捆在一起，打成一结。有人直接在原地将就把草尾打个结。

冬闲时，农民们上山挖煤、去青松林里烧炭，相中了煤脉、看上了某处山林，便打上一个草标，表示此地已有人看中。后来者见了，便不会去乱占乱砍。

春日里，有的秧田下了种，有的水田放了鱼苗（苗、侗、布依各族，都有在稻田里养鱼的风俗），为了防止别人无意间挖开秧田放失了水，或者放鸭子、鹅进去啄食种子、鱼苗，特意在田边设个草标，作为提醒。

冬夏之交，时有山洪爆发，堤崩桥危，有了险情之处，便打上草标。

秋天收获季节，田间园子里的瓜果熟了，插上草标的，就表明是来年留种的，不要随便摘来吃。

还有寨边路侧，设有草标的水井，路人尽可舀来吃，那是示意你舀水喝时，注意清洁，别把食用水搅浑弄脏了。

像我碰上的在房前屋后设标，也很普遍，那往往表示主人家正在分娩，或已喜添贵子，婆娘正坐月子，需要安静，请勿打搅。

喜庆之日，更有在寨子外的要道、路口，插有草标，示意远近客人，不能随意进寨，必须唱首拦路歌，吃杯进寨酒之类。

总而言之，每每看到打成各种各样的草标，无论是在山坡上下，田间土头，或是寨里寨外，就令我想起大城市很多书写在墙上提醒人注意的字句。

从这个意义上说，打上“草标”，不也正是少数民族讲究文明、注重公德的良好习俗嘛。

布依族的招女婿

布依族的招女婿，亦称入赘，是一源流千古的风俗。

应招入赘的男子，不必置备“嫁妆”，按照惯例，举行结婚仪式时，也就不收礼物。结婚时所需的一切花销费用和礼物，均由女家准备。男子到女方家“上门”那天，男方家里不摆筵席，也不举行婚礼。女家迎亲客只消带点肉、鸡和米酒，数量三五斤都不嫌少，只需表示个意思，便算接亲了。因为男方家所有的亲属，随之都要作为送亲客赴女方家去赴宴，吃个畅快。

可以想见，女方家的婚礼必定置办得相当隆重，远亲近邻皆来恭贺，筵席往往要分好几批才能吃完。

在筵席上，女方家的长者，往往是一族一寨中最年长者，会把女方的亲戚一一介绍给新上门的女婿。同时也便给上门女婿改变姓氏，让他随女方姓，且还得按照女方原本在家庭中的排行，确定女婿的排行。如果妻子在家中是老三，即使上门女婿的年龄比妻兄老二甚至老大的年龄还大，女婿的排行仍只能算家中的老三，不得逾越。女方的兄弟同时也对女婿以兄弟相称，绝不称“姐夫”或“妹夫”之类，堪称平等。

婚后所生子女，一般也必须随女方姓。但如若女方家里兄弟姐妹多，且长大后成家立业纷纷分家出去单过，上门女婿提出申请，经女方家人一致同意，入赘的男子也可带着妻子儿女回自己老家居住。他们的子女也可以跟随父姓。

上门女婿不论在家庭里、寨子中、社会上，都受到族人们同样的尊重，和女方家庭中的男子享有同等地位，婚后假如碰到妻子早逝，上门女婿同样可以享受女方家财的继承权，并可在寨上续弦。

布依族上门的女婿，往往因男女双方在赶场、对歌中结识相爱，感情深厚，互表衷心，愿意结成夫妻，但只因女方或是独生女儿，或是几兄弟唯她一个女儿，或是弟妹尚小父母需要她帮助，只好招郎入赘。也有的是寡妇带有娃崽，不愿背弃亡夫家，主动招夫上门。当然，男方自愿上门者，往往或因自家经济条件差，置办不起结婚成亲的酒席及礼品；或因本身兄弟姐妹多，离家去上门不会影响家庭，从感情出发，去当上门女婿。

布依族这种自古相传的招女婿方式，其本来就没有沾染汉族封建社会里形成的重男轻女之习，实有其令人羡慕的一面。在招女婿上门较为普遍的地区村寨上，不论生男生女，都被视为传宗接代当然的继承人和赡养老人者。

正因此，在一些布依山寨，计划生育工作的宣传也进行得颇为顺利。

花江坡看山

那一天，车过黄果树，观赏过大瀑布的雄姿，时间还早，同行者中有人提议，去花江街子吃午饭，顺便尝尝名声响遍西南的花江狗肉，管保吃得你放不下筷子。于是，吉普车轰鸣着开始爬坡。用“轰鸣”两字，不是因为车子破旧，而是车轮子一路上都在费劲地缓慢地滚动着往上爬。早有人说，贵州省除了地势险恶的七十二道拐，就数花江坡难上。今日车到山前，果然尝到了这滋味。只见盘旋而上的山间公路，一面挨着陡峭的山岩，另一面就傍着悬崖绝壁，路侧全用一排排粗实的隔离墩阻挡着，防止车轮子打滑出事故。

上得坡来，足足用了四五十分钟。水箱烫得要换水，我们几位坐车赶路的人，也被废气憋得急切地跳出车子，想呼吸几口新鲜空气。

万没料到的是，只见眼前千座山、万座山朝着我们扑面涌来。乳白色的雾岚浪一般波动着，指天戳云、千姿百态的山峰轻盈地在漂浮。那浑圆的山头，那坦荡的大山的胸怀，那雄峙巍然的山体，那奇秀高耸的山峰，那连绵无尽的山峦，那屏风般的山脊……哦，在文章中我引用过“一览众山小”的诗句，在作品中我写过“气象万千”这一成语，可我只觉得，在如此壮丽的群山面前，在大自然如此神奇的鬼斧天工面前，一切的形容词和描绘都黯然失色了。

我久久地站在那里，任伙伴们几次催促，也不想上车。我想起了一句话：“文似看山不喜平。”

在不少文章中，这句话常被引用来针对情节的安排。其实，无论是作品的语言、作品的结构、作品中的人物乃至细节……都该是“文似看山不喜平”嘛。

哦，花江坡看山，让我领悟到，伟大的作品就该像眼前如海的苍山般泼洒挥写。

布依石头寨

我插队落户并生活了20余年的贵州省安顺地区，素以中外驰名的黄果树瀑布著称于世。省内省外乃至国内外来访的文人雅士，不知为这瀑布写下了多少诗文，放歌黄果树的气势，颂扬大瀑布的壮观，80年代以来，贵州省以黄果树瀑布为中心，配合新发现的龙宫奇观，开辟了一整片风景区，吸引着众多的中外来客。特别是从贵阳到安顺修建了宽体高速公路，150公里的路程眨眼工夫就走完，西线风景区逐渐为世人所知。众说纷纭之际，很少有人提到离黄果树不远的布依石头寨。其实那里的风情，对我来说有着与大瀑布同样强烈的吸引力。每次有机会去那里，我总要到石头寨转一转、看一看，如若陪着客人，我也必定热心地给客人介绍一下石头寨古朴典雅的传统建筑，并且尽可能带着客人去那里一游。

石头寨是一个布依族山村。二百多户人家，所有的房屋全用石头建造在一座拔地而起、岩石嶙峋的山坡上。一层层、一排排，鳞次栉比，依山耸立，井然有序。远远望去，在阳光的辉映下，宛如片片白云，散落于青山绿水之间，给大瀑布的风光，增添了别致的美色。

漫步进入石头寨，就会看到每一幢房舍的主体建筑，全由石头构成。其工艺朴实精湛，造型美观稚拙，给人以无限的想象空间。在百年老树的绿荫掩映之下，这里有四面石墙封山、屋体两面用石板盖成的长方体建筑。有石墙间隔、石柱支撑、石阶上达的楼台亭榭。有式样新颖、屋面垂直平稳的平顶建筑。有石砌围墙、自成庭院的单家独户。这些石屋建筑，房门的朝向甚至一致，一排排参差林立，一幢幢纵横交错，真可谓千姿百态，丰富多彩。房屋的墙身，有用块石、片石垒砌或浆砌的，有选用大小一致的石块，精凿细錾砌就的。还有用乱石堆砌，再用石灰或水泥在墙面勾缝的“虎皮墙”。砌石斗缝是紧密、缝条层次匀称，堪称巧夺天工。

在石头寨，除了房屋全是石头的之外，很多的生活用具，也都是石质的，诸如石盆、石磨、石碓、石桌、石凳、石椅、石灶、石碾——劳动之余，布依族的乡亲都爱在石凳石椅上小憩闲聊，在一蓬蓬竹林、一棵棵果树的映衬下，呈现出一派南国独特的农舍风光。

石头寨的里里外外，还有石壁、石林、石人、石牛、石马、石柱、石花、石洞、石桥等。这里的岩石和山峰千形万状，或撑天拨云、或悬崖突兀、或形似鹅卵光滑圆润、或如巨龙大蟒深藏不露，山也异来石便奇，令人看后觉得妙趣横生、余味无尽，所有这些石头，都是当地布依人天然的建房材料。老人们说，这里的石屋建筑，已有六百多年的历史。由于石头房屋冬暖夏凉，造价又低且经久耐用，于是便一代一代传了下来。当地的布依族老乡中，也就出了一大批建造石屋的能工巧匠。

石头寨依山傍水，靠河临田，村后绿树浓荫，村前阡陌纵横，村边的小河流水清澈见底。布依姑娘们常在河边洗衣裳、漂蜡染。河面的石砌拱桥上，更常常回荡着布依族男女青年声声对唱的悠扬情歌。

回归都市数年，整天置身于高楼林立的马路，置身于汽车的洪流和排放的废气中，置身于大城市的喧嚣与嘈杂的声浪里，头昏脑胀之际，情不自禁就会怀念起石头寨的古朴安宁和山清水秀的风光。只是关山阻隔、路途遥远，石头寨的风情，只能在梦中领略了。

彝族迎亲记趣

20 世纪 60 年代末，我初来到云贵高原插队落户的时候，就听到这么两句顺口溜：“黔西大方一枝花，威宁毕节苦荞粑。”说的是黔西弱威宁毕节一带生活条件的艰辛，环境的险恶，日子的难以打发。我所在的修文县，相比之下要好多了，内心里还有种自我安慰般的欣喜。

修文县盛产马铃薯，产量中的相当一部分，装箱出省、出口。而马铃薯的良种，则年年需要到威宁县去串换而来。只因为威宁是贵州马铃薯的故乡，那里的马铃薯皮薄个儿大，淀粉含量和出粉率都高，吃味也好，利于加工。每年的马铃薯下种季节，我总要随卡车队到威宁县的乡间去串换马铃薯种子。那地方山高谷深，气候寒冷，风刮上来就如同有刀子在戳着般难受，是一趟苦差使。

但苦中也有乐，那便是我们去串换良种的十冬腊月，正是当地彝族百姓结婚迎亲的时节。在等候开票装车的日子里，我总要津津有味地去寨子里看个究竟。

那里的彝族乡亲，每逢嫁姑娘时，都要举行隆重的欢迎接亲队伍的仪式。

喜期那天，嫁姑娘的人家要用木棒、松枝和树叶花草，在家门前搭起一个简易的棚子。请来几位德高望重的寨老，坐在棚子里。在彝语中这叫“超戛”。意思是老人们对嫁出去的姑娘表示关心和体贴，并祝她在新婚家庭中万事如意，幸福快乐。

在搭棚子的同时，还要在面对姑娘家正门五六十米的过道处，架起三座象征金、银、铜的龙门，等待接亲队伍的到来。

当男家派出的接亲队伍来到“金门”前时，寨子上的姑娘们就在一片欢笑声中迎过去，借以堵住“金门”，并唱起“酒礼歌”盘问对方。那歌词调皮诙谐，总要出几道难题给对方。对方答唱如流，则能过“金门”，向着“银门”走来。若对方答唱不上来，就要挨姑娘们泼事先准备好的冷水，还要遭到姑娘们歌声的嘲笑奚落：“没有力气别拾柴，不会对歌你莫来。”这时候，尴尬的接亲队伍就要请“超戛”老人出面解围方能继续前行。

过了金、银、铜三道门也是三道关，进得寨子，接亲队伍吃完饭，就开始对酒歌。这酒歌要唱整整一晚上，如同我们说的“通宵达旦”。所以程式更为讲究复杂。

首先，接亲的一方在出嫁姑娘家的堂屋里，以酒礼歌的形式，边唱边摆出绣花的头巾和各式衣料。然后，女歌手们论资排辈，从出嫁姑娘的婶娘、姑妈、姨妈，分上下两排唱“果沟果戛你”的酒礼歌。接着，由年轻的姑娘和媳妇们，分左右两排坐下，一边代表出嫁姑娘，一边代表姑娘的嫂嫂，开始对唱。这一形式叫“克式克左”的酒礼歌。因为有足够的时间，这些歌都唱得十分详细琐碎，带有教导和劝世的性质。比如在唱“劝饭歌”时，就不是一般地客套，而要唱出整地、翻犁、撒种、薅秧、追肥、管理、收割、脱粒、晒干、磨面、淘洗、做饭的一整个过程。其间嘱咐出嫁的姑娘要辛勤耕耘、勤俭节约、细水长流，才能过着幸福的生活。正因为如此，在唱歌时，出嫁的姑娘要由自己的哥哥或弟弟背着，声声哭泣，以示认真地听取这些善意的忠告，直至拂晓。

凌晨，出嫁的姑娘由兄弟背出门，伴随的姑娘们送她到大门口，拿一床披毡轻轻盖上她的头顶，表示姑娘已经嫁出门。天亮后，接亲队伍可将姑娘接走。在姑娘未出发之前，凡来吃喜酒的宾客，不管是年轻还是年老，也不管是媳妇还是姑娘，只要是会唱酒礼歌的，一律都被邀请到“超戛”老人们前面的另一堆篝火边，排列成行或围成一大圈，进行更大型的酒礼歌演唱。这一场面往往更为隆重热烈，更为壮观而吸引人。歌唱的内容非常丰富，曲调也分外优美。曲牌则有劝嫁歌、劳动歌、悲伤歌、感激歌、惜别歌、祝愿歌、孝敬歌、文明歌等数不胜数，直要唱到天明送亲才告一段落。

每次去彝族迎亲的寨子看热闹、听歌，歌声间歇时，抬起头来眺望那莽莽苍苍黑黝黝的山岭，坡高林密，凛冽的寒风直扑颜面，我陡然想到，若是没有这婚礼，若是不举行这隆重热烈的接亲迎亲形式，偌大的山山岭岭之间，不就是一片冷寂凄凉嘛。那这样的冬天，过起来还有个么滋味？

神奇的彝家太阳女

也许是《蹉跎岁月》的关系，当年昆明市郊的拍摄地三路冲，从 20 世纪 80 年代以来就成了旅游景点“蹉跎村”。

抑或又是《孽债》的关系，每次来到高原上这块彩云之南的红土地，我都能见到更多的笑容，都能感受到各族人民更深的一片真情。

我不是彝族人，但是这一次彝家儿女评选他们心目中神圣的太阳女，却把我聘为名誉主任。于是我怀着惴惴不安的心情，随着中国作协西部大采风的脚步，第一次来到了这里。

这里，云南高原的中部，一个叫楚雄的地方，是一片红色的山地。这里发现的恐龙化石可以堆做“山”；这里出土的元谋人“牙齿”号称中国之“最”；这里耸立起的泥巴能够成为“森林”；这里生长的牡丹花被誉作“中国最大”；这里的人们唱得最好听的歌是“祝酒歌”；这里好客的民风，充分地体现在那一句歌词中：你喜欢也要来，不喜欢也要来！

这里生活着的彝家和其他民族，自豪地称这片土地为“神奇彝州”，正如他们吟唱的：

彝家的文明如金子一般辉煌，
彝家的民俗像图画一样绚丽，
彝家的文化如大海一般精深，
彝家的民风像火焰一样热情。

自古以来，楚雄彝州的土地上，就流传着一个关于“太阳女”的动人传说。

看见哀牢山里那三座高山了么，山峰像竹笋般，一座比一座高，一座比一座秀丽。这就是远近闻名的三尖山。

清晨，三尖山捧出一轮火红火红的太阳。知道么，这三座山，就是彝家太阳女的化身啊！

相传，很久很久以前，天上有七个太阳。大地一片光明。阳光似乳汁般哺育着世间万物。那时候，风调雨顺，树木常青，鲜花不败，庄稼一年中能收获七次，牛羊一年中能怀七胎。彝族人民丰衣足食，生活美满，日子过得比蜜汁还香甜。

突然，哀牢山里出现了一只生性喜欢黑暗、惧怕光明的夜猫精。夜猫精怨恨太阳，它变成一个无比高大的鹰嘴铁人，攀上高山，拔下身上的羽毛当箭，恶狠狠地射向太阳。它一连射下了六个太阳，第七个太阳躲着再也不出来了。

天上没有了太阳，于是大地一片黑暗，灾难降临到人间，庄稼不成熟了，牛羊长不大了，草木死了，花也败了。人们知道，只有一个太阳躲过了这场劫难，他们向着天空哭诉，巴望太阳出来。可是太阳始终没有出来，夜猫精却得意地大笑。

为了寻找光明，很多勇敢的人踏上了不归之路。白族选去的人没有归来，傣族选去的人也没了踪影，苗家选去的人也杳无音信。汉族的英俊小伙倒是回来了，可他已是满身伤痕，只说了“夜猫精”三个字就倒在乡亲怀里死了。

怎么办呢？正在人们焦虑不安的时候，哀牢山里三个像马樱花一样美丽的姑娘，点起火把踏上了寻找太阳的征途。她们鼓动起各族寨邻乡亲，扎起成千上万的松明火把，每人一支举了起来，把山山箐箐照得通明雪亮。“夜猫精”怕光更怕火，没处藏身，被人们堆起的火把烧死了。

三个彝家姑娘在乡亲们的期盼声里，又往深山老林中赶去。她们翻山越岭，历尽千难万险，从春天一直找到立秋那一日，终因筋疲力尽，气息奄奄地倒在山谷里。临终之际，她们动情地呼唤着：“太阳啊！快出来吧，你离开了我们，庄稼就不会熟，牛羊就不会壮，鲜花也不会开。太阳啊，快快升起来吧。”

三个彝家姑娘死了。但她们并没有倒下去，在她们立足的地方，突兀地长出了三座高高的山峰。一轮红彤彤的太阳被三座尖尖的山峰托了出来。

人们欢呼着迎接太阳。他们说是三个姑娘的真诚感动了太阳，大地重见了光明，人间又恢复了往日美好的生活。

直到今天，每逢立秋那一天，三尖山下，成千上万的彝家儿女会拥来赶街，街子上芦笙嘤嘤，弦子铮铮，三跺脚的舞曲把大伙儿送进欢乐的海洋。大伙儿仍在纪念为人间找回太阳的三个姑娘。

这是多么美好的民间传说。“太阳女”从此成为彝家姑娘勇敢、善良、美丽的象征。

根据这一古老的传说，在楚雄城郊新建成的中国彝族十月太阳历史文化园里，那雄伟的主雕顶端，三个彝家少女托举着一个球体，球面上金黄色的浮雕，象征着燃烧的火焰。这就是栩栩如生的“三女找太阳”形象。

“太阳女”的精神，激励着彝族人民追求光明、追求美好的未来。

就是本着这一宗旨，楚雄彝族自治州，这一次在全国首次推出2000年的“太阳女”选拔活动。展示新千年中国彝家的风采，民族风情，向全国乃至世界推介古老神奇而又丰富多彩的彝族文化，推动民族交流，促进民族团结。贵州毕节地区的彝家来了，红河、大理、丽江、临沧、昭通的彝家也来了，几百万彝家推选出了他们心目中的太阳女。难能可贵的是，参选的彝家姑娘们纷纷说，重要的不是入选，而是参与。通过这次参与，使彝族的儿女们走出大山，走向全国，向世界充分展示我们的形象，用我们的实际行动和自身的风采，参与西部大开发。

哦，神奇彝家太阳女，你们多姿多彩的彝家服饰，你们出神入化的动人舞姿，你们用草编的手镯，你们表演的烟盒舞、葫芦丝，还有那清泉般响彻山间的歌声，展示的不正是红土地上最浓郁的民族风情吗？

罕见的屯堡奇观

难抵安顺

这是深藏于我心中，久已想写的一篇文字。

说起来是30年前的事了。

我插队落户的山乡修文县久长，古时候的名称叫狗场坝。插队的时间长了，我渐渐发现，在蛮荒偏远一点的大山里，现在还有不少地方仍叫猫场、鸡场、蛇场、羊场什么的。可能是久长离公路近一些吧，一些文人雅士嫌这个名称过于俗气，依谐音给改了久长。

久长这地方，属于贵州省的安顺地区。我们一帮外来的知识青年，很快就发现，省会城市贵阳，离我们要近一些，相反，地区所在的安顺，却离我们很远。好多知青贵阳已去过多回，安顺还一次都没去过。

我是直到插队第二年的秋收以后，才得到机会去安顺的。

那是1970年的深秋季节，“文革”中的武斗已逐渐平息。我在贵阳坐上了一辆卡车，去往安顺。说是坐，其实是站着。卡车的车厢里并没有座位。但这卡车却又是卖票的，贵阳到安顺的客车票原本是二块二角，只因是卡车，他只收我们一块五角。说是打折。那么长途客车呢，原来前几年的武斗，客车时常被用来横在马路上挡道，全都开不得了。现在刚刚恢复交通，只能征用一些工厂的卡车暂时用着。

这卡车交通也不正规，要开就开，要停就停，开开停停地折腾了三个多小时，在离开安顺还有十几里的地方，则死活不愿往前开了。说安顺就在前面，十几里路，走一个多小时就到了。你们就走着去吧。

同车的旅客自然不依，和司机、售票员争执。争了一阵子也不起作用，卡车调过头，鸣了几声喇叭，扬起一片尘土，开走了。

于是乎我们就顺着贵黄公路往前走。贵阳到安顺，照理应该叫贵安公路，为什么要叫贵黄公路呢？

那时候年轻，我什么都觉得好奇，什么都要问。一问才知道，原来举世闻名的黄果树瀑布就在安顺的前面。公路一直修到黄果树瀑布，故而就叫贵黄公路。

到贵州快两年了，对贵州的山水土地，我已慢慢地熟悉。在敞篷卡车上眺望远近山野时，我已经发现，车开过平坝县的时候，这里的山野村寨，带着一点秀气，也带着一点雅气。和贵州其他地方的景观有点儿不同。下车以后走不多久，看得更加细了，果然有了惊人的发现。

奇怪的“京”族

一路走过去，只见公路边，两旁的田埂上，远远近近的村寨里外，男子都穿着长袍和尖头钉鞋，女子更是清一色的古装。

日常的穿着打扮，显然和我们不一样。

贵州是个多民族的省份，我认定他们是少数民族无疑。只是，他们肯定不是我已见过的苗族、侗族、布依族。

他们属于哪个民族呢？

迎面就时有担着空水桶去井边挑水的姑娘和妇女，我不由颇有兴味地暗自对她们细细地观察着。她们身穿天蓝色的左衽布大袖长袍，领子和袍袖的边沿镶着红艳艳的花边。同行的知青不由笑着调侃道，你们看，“文化大革命”盛行的红色，都传到少数民族的服饰上来了。

但是行不多久，我就发现，红色的花边只不过是她们选择的众多花色中的一种花色而已，在一路我们遇见的妇女身上，除了红色花边，各种彩色的花边都能见到。她们的腰间还系着真丝的黑色宽带，缀有乌黑发亮的丝罗带。

一路走着的贵州人告诉我们，识别迎面而来的女子已婚和未婚，只要瞅发式就行了。未婚姑娘往往是长辫过膝，不挽髻。已婚的就要挽髻，插着银制或是玉制的十字。还包有头帕，老年妇女包黑色帕子，中年妇女往往包的是白帕。

边行边看，我还有两个发现，一是我们眼前看到在干活的，无论是去水井边挑水的，还是在远近田土里干活的，基本上清一色都是女子，几乎没见男人在像模像样地干活。二是这些人的说话口音，和我们逐渐熟悉起来的贵州话不一样，听她们远远地和人挥手打招呼、尤其是拖长了声气吆喊的嗓音，很像是北方某地的方言。

正是这两点和我插队的砂锅寨农民迥然不同的地方，使我产生了疑惑，我不由得问一路同行的贵州老乡，这是哪个少数民族。

贵州老乡说："他们呀，是京族。"

于是我就记住了他们是京族的说法。走过离公路边较近的村寨，我还细细地打量着"京"族人的生活环境。和卡车开过的平坝相似，"京"族的寨子往往都建在挨着山坡脚的平顺地势。青山绿水，绿荫掩映着青砖的瓦房，缕缕炊烟飘散中，那水色、那情调，恰似我熟悉的江南水乡风光。比起我插队的寨子来，明显地要强一些。

回到砂锅寨，我翻开从上海带到乡下的新华字典，进一步的疑惑产生了。在中国的少数民族中，是有京族，但是字典上写得明明白白，这京族在广西防城县的三座小岛上，一共只有五千多人口。以后又查书籍，我发现广西京族不是我见到的"京"族，不但服饰不一样，就连生活习俗也大不相同，那么，贵州安顺附近的所谓“京”族，究竟是怎么回事呢？

戏剧的活化石——地戏

彻底解开这个谜，是迟至20世纪80年代的事了。

况且事情还有一点偶然，那纯粹是从我开始观看奇特的地戏演出引起的。

地戏复苏于80年代初期。那个时候，贵州乡村实行了联产承包责任制，农村经济开始好转，乡民们有了饭吃，手上有了活钱，身上的服饰自然多多少少地讲究起来，我插队期间看惯了的补巴叠补巴的破烂衣裳，逐渐消失。丰收以后，尤其是逢年过节，农民们已不满足于燃放鞭炮胡吃狂喝一顿。他们要乐，他们也要有文化生活，表达他们人生的存在和喜悦的心情。

于是地戏演出就在乡间复活了。

那时候我已在贵州省任《山花》杂志的主编，我办公室的隔壁，就是贵州省音协主席的办公室，休息闲聊的时候，他几次热情地要我去乡村里看一看地戏，他说现在地戏可了不得，国内外的专家学者们竞相前来研究，被称为是戏剧的活化石。说话间，剧协的主席也跟着来帮腔，说剧协要和音协组织的侗族无伴奏大歌一起，让安顺乡下屯堡演出的地戏，到法国去演出。这两样原汁原味的艺术样式，是喜欢古朴艺术的法国人指名邀请的。

这么好的东西，不看当然是很遗憾的。

于是乎，候准了季节，在去安顺的时候，我就去看了几次地戏的演出。

所谓地戏，实际就是在平地上演出的戏剧。但是在贵州的乡间，要找一块彻底平顺的坝子，不是一件容易的事情。因此，我看到的地戏舞台，仅仅只是山坡、寨子中央的晒谷坪及相对平顺的坝子上的演出。观众大多站在坝子四周的山坡上，或是村寨团转的木板房上、树上、坝墙上，里三层、外三层地围着观赏。那气氛很像城市路人围观“猢狲出把戏”那么一种情景。只是气氛要热烈得多，大人喊、娃儿叫，姑娘们穿上花衣衫、小伙子往往蛮横地抢占着最好的地形，唯恐在观看中漏掉了精彩的一招一式。

地戏的演员们不像一般戏剧中那样需脸部化妆，而是穿着一色的蓝黑双色的长衫，黑面白底布鞋。同其他戏剧不同的是，每个演员都戴着一只木雕的面具。形象生动，神态各异，雕刻的手法十分夸张。考究的面具必然连着头盔，油刷得金碧辉煌，给人以神采奕奕之感。面具雕出的形象，便是剧中人的身份。扮演者都十分自由，男人可以演女角，反之，女人也可以演男角。戏演出的过程中，有唱、有打，也有对白。对白的声音又使我想起似曾听到过的北方话，对白的韵律总让我想起上海弄堂里曾经在孩子们中间盛行一时的绕口令：“蜜蜂叮瘌痢，瘌痢背洋枪，洋枪打老虎，老虎吃小孩……”

细细地听着绕口令一般的对白，让我有了新的发现。

就如同现代地方戏剧中的对白不易听明白、听懂一样，地戏的对白必须入神细听，才能听出点儿道道来。

当我奋力挤到前头，听到："吾奉太上老君，急急如律令"之类话语的时候，我就露出了会心的微笑，我晓得后面还要说些什么了。果然，那几句我熟悉的吟诵从演员的嘴里吐了出来：

前面摆起三条剑，
后面架起九丛矛。
前面来者剑上死，
后面来者矛上亡。

这韵律，这节奏，是我插队期间从砂锅寨娃娃们嘴里经常听到的呀。

地戏中最精彩的莫过于武打了。

地戏的武打是任何现代戏剧舞台上都没有的表演程式，俗称"套路"。一旦戏演到高潮，矛盾尖锐、武打激烈时，那套路便一一变幻、有板有眼地转换起来，就像是千军万马在死命地厮杀。

最令我看得出神并终于开窍的，就是这厮杀。因为无论哪个名称的套路都得跳，跳得激烈之处，演员们全都进入了角色，锣响、鼓也齐，坝子里地坪上的尘土跟着飞速踢踏腾跳激越的脚步轻扬起来，那情景活似硝烟弥漫的战场。围得密密实实的观众群自然更是鸦雀无声，一起进了戏。一场戏结束，必报以热烈的掌声。

读者诸君可能已经明白，这轰动一时的地戏演出，少不得打，少不得跳。故而在当地，演地戏也叫跳地戏。

正是在看了几出地戏后，我终于恍然大悟，如果它真是戏剧的活化石，那么在我插队落户的“文化大革命”中，就已经看过。只不过那时候这玩艺儿不叫地戏，叫“跳神”。

有一回，是寒冽的腊月间了，隔邻寨子上死了一个近九十岁的老人。有人说他家是四世同堂，有人说如果把刚出生不久又只会哭不会说的那个小孙孙一起算上，他家这是真正的五世同堂了。

这么一位有身份的老人离开人世，总是要热闹一番的。四乡八寨的亲属赶来参加吊唁，人多得一个小小的寨子里住不下，不少客人因此住到了砂锅寨来。我那时在大队耕读小学里教书，有个学生就是死者的重孙，于是也跟着寨子上的小伙子们冒着冷风细雨，去看了一阵子热闹。奇怪的是，老人家中并没有多少悲伤气氛。围着火塘而坐的人中，不时地还有人在唱歌。我正是在那一次，真正地体会到民间称死人是“白喜”的情形。坐了一阵，夜深了，我就告辞想回去，那个学生劝我不要走，他凑近我的耳朵说，等大队和公社的干部们走了，还要演戏，好玩得很！你从来没见过的。我问他演什么，他神秘地让我不要声张，说到半夜时分，还要玩“跳神”。

跳神！

那不是在搞封建迷信吗？但我没有吭气，那年头我仍在痴迷地做着作家梦，已经在悄悄地写小说。我知道写小说就要观察各种各样的人生现象。特别是现在看不到的东西，所以那一晚我就留了下来，看了一次“跳神”表演。而且把跳神的人念念有词道出的咒语一一记了下来。

已经被炒得如此热、如此红火的地戏，我说它是跳神，是曾经被批倒批臭的封建迷信，实在是有点不合时宜。要这么说，我多少得找出一点依据来。

“京”族之谜

依据不好找，除了当地老百姓把跳地戏叫作跳神之外，康熙年间编的《贵州通志》上，有一幅“土人跳鬼图”，其画面和现在的地戏表演十分相似。

是不是据此就可以说，古人还把地戏叫作跳鬼哩。我必须把这一片乡土挖得更深一些。

颇有兴味地去安顺看地戏时，我已经感觉到了，演地戏的那些个村落，都叫屯或是堡，也有叫哨或是关的。很少叫寨子。在贵州插队多年，我早就了解，小至贵州一个省，大至云、贵、川诸省，村子大多数被称为寨子。唯独这一带，为什么偏偏要叫屯堡呢？原先存在心底关于“京”族的疑惑，重新浮上心头。

80年代中期，省里面让我牵头，写一个描写贵州政治、经济、文化、民族的长纪录片脚本。到安顺的时候，我们一头扎进了一个一个叫作屯、叫作堡、叫作哨的村子，连续几天，约谈了很多文化人士和乡间老人，终于揭开了所谓的“京”族之谜。

当地这些穿着富有特色服饰的农民，并不是少数民族，而是汉族。只不过他们是远方迁来的汉族。和我们交谈时，他们中不少人指着我说，我们的祖先其实和你一样，也是从江南一带来的。

追溯历史，则要讲到六百年前了。朱元璋在刘伯温、徐达等文武大臣辅佐之下，打走了元顺帝，建立了大明王朝，却不料元朝还有一个梁王盘踞在云南。自恃天高皇帝远，你朱元璋奈何我不得，不服他的管，把他派去的官员一个个都杀了。气得朱皇帝亲自部署征云南，派出了以傅友德大将军为首的三十万征南大军，一路沿江西、湖南、贵州杀将过来。

这一段历史，在贵州、云南的很多地名上也留下了痕迹。诸如“镇远”“贵定”“清镇”“普定”“普安”“镇宁”“威宁”“宣威”等等，包括“安顺”这一地名，也充分显示了三十万大军过处，威风八面，一路镇压敢于反对者，“诸蛮”纷纷望风而降的史实。

我在贵州二十余年，始终不能明白，安顺这地方，明明地处贵州的中部，为什么总要被称作“黔之腹、滇之喉”？原来出处也在这段历史，朱元璋认为，安顺这一带，是进军云南的“襟喉”之地，十分重要。

云南被傅友德平定，那个梁王是被杀了，可云贵高原远在西南边陲之地。胜利了的军队一撤回来，又冒出了一个什么王，或者就是当地的土司，不服明朝管了，怎么办呢？如何统治这块土地呢，苦思冥想，朱皇帝命令傅友德的三十万远征军沿着交通要道，就地驻守下来，封官许爵，稳定云贵。军队不打仗了，仍然要吃饭。于是就让驻守下来的军队设立军屯，垦荒种粮，解决吃饭问题。

光是吃饭还不够。军人也要成家立业，也要过太平生活，生儿育女，于是乎，这些屯军的地方。渐渐地就变成了一个个叫作屯、叫作堡、叫作哨或是关的村寨。有了军屯，随之出现了商屯、民屯。三十万征南军人，来自当时的江苏、浙江、还有朱皇帝的原籍安徽以及江西等地。他们的后裔，经历了几百年的沧桑，很多东西可能都已经有了变化。惟独穿着的服饰，一代一代流传下来，还保留着明朝的色彩和特点；唯独一些人家里的家谱，一代一代还在书写着自古而来的演变。并且显示出相对的集中，相当的完整，形成了独特的文化现象。于是乎，也便有了我们今天称之为屯堡景观、屯堡文化的研究。这不能不说是一件幸事、奇事。似乎该归功于那一片乡土的偏远和闭塞了。

我问过很多安顺的屯堡人来自哪里，他们往往回答说，我们是京族，老祖宗是听了朱元璋的话，从南京开拔征战而来，南京族。

几百年了，这话听来有点悬，却是很有道理的。去年秋冬，我到云南的宣威去采访宣威火腿的创始人浦在廷的事迹。谈起浦家的老祖宗，也正是跟随明朝的大将军傅友德一路打过来的，因战功卓绝，被授予武德将军，在设立卫、所、军、屯、铺、堡的同时，就地驻守和屯垦，世代定居下来。

我顺便还了解了一下，明朝派往西南诸省的军队，驻守下来的时候，以卫所为单位组成军屯，一卫有560人，一所则翻一倍有1 120人。除了驻守屯堡，朱元璋的军队还在当地开筑道路，设立驿站，方便通邮，修复古驿道，以60里为一驿，一直修到贵州的安顺。这固然是大明王朝为了巩固自己的统治而为，却也在客观上给偏僻闭塞的云贵两省，带来了江南地方较为先进的科学、文化、技术及生活方式，促进了西南云贵高原的经济开发和发展。直到上个世纪初的一百年前，云贵两省有追求有志向的青年，要走出“走不出去的云贵高原”，很多人依靠的还是这一条古驿道。

到了浦在廷这位第十八代的后裔，赶马帮积攒了财产、经营宣威火腿发迹之后，他遵照古训，不远万里，经云南绕道越南、香港、南通，终于来到祖籍的故乡南京，寻找《浦氏族谱》上记载的老家山阴县柳树湾石门坝。费了好大力气，终于弄明白今天的南京中华门外，就是几百年前的石门坝。可任你怎么查寻，在这一带也找不到浦氏族人。最后还是经人点拨，告诉他，明朝时候，这一大片都是兵营，修族谱的老祖宗一定是误把南征出发地的兵营，记作了故乡。浦在廷这才只得无奈地作罢。

由此也就明白了，安顺屯堡人说的“京”族，指的是南京族，因为他们的祖先从南京而来，绝不是广西的那个京族。

很多土生土长的贵州人以肯定的语气对我说，地戏就是朱皇帝的军队调北征南时带过来的。只要看看屯堡农民们表演时的衣着打扮，就不难作出判断了。你看他们身穿土布长衫，腰间围着绣了花的战裙，背上则像武打京剧中常见的那样插着靠旗，脸上蒙着黑纱，额头上戴着各种各样彩色面具，头顶上插着野鸡毛，在昂扬顿挫、模拟战场厮杀的锣鼓声中载歌载舞，表演着剧情。

地戏演出所报出的剧目，也基本上是征战故事。诸如我们都很熟悉的《三国演义》、《封神榜》、《说岳全传》、《杨家将》等，正因为明朝的军队是朱元璋调北征南一路打过来的，所以他们自然就会喜欢这一类和自己的经历十分相似的征战题材。而且历经几百年，年复一年，乐此不疲，一代一代地往下传。就是到了极“左”思潮泛滥得那么可怕的“文化大革命”中，也不曾断绝过。像要我在白喜场合留下看跳神的那个学生，在“文革”年头，其实并没看过几回地戏，但他兴趣之浓烈，也是大大出乎我意料的。由此，也可以看到民间文化特有的传承渠道，在文化传播中的巨大的作用。

地戏和军傩

由于地戏表演主要以征战题材为主，蜂拥而来研究地戏的专家学者们就作出判断，认为它是从军傩演变而来的。

这个“傩”字，一度是个难读难认的字，也是一个多义字和假借字，更是从原始社会一路带过来的古字。

起源于原始社会的“傩”，是古代人类面对很多自然现象诸如雷电、洪水、地震等灾祸迷惑不解的产物，用于避邪驱灾、感恩酬神。

这一起源和宗教的起源实有相同之处。

从20世纪五六十年代，一直延续到“文化大革命”以后的两三年间，贵州乡间掌坛主持傩仪的法师，一律都被称为魔公或是“老魔公”，带有明显的贬义。80年代以来，傩戏作为一种文化现象获得重新评价，专家学者们把它作为学术来研究以后，老魔公的称呼也随之从生活中消失，而被称为傩师。但在贵州乡间，人们嫌这个“傩”字不好认也不好念，大多还是恢复了原来的称呼：法师。

由最早面对困惑不解的自然现象而跳的“傩舞”、“傩仪”，逐渐演变为傩戏。傩戏又渐渐细分为民间傩、宫廷傩和军傩多种。我也相信，贵州屯堡一带的地戏，极有可能是从军傩发展演化而来，随着明朝军队的屯守，入乡随俗。在数百年间同西南山乡的地方戏剧结合，有故事、有情节、有人物，保留了从说唱形式向戏剧过渡的民间样式。

把它作为一种神奇古朴的文化现象研究，实事求是地说，傩仪之中，确实含有封建迷信的成分。贵州乡间，历来就有冲傩还愿之说。所谓还愿，指的就是在举行傩仪之前，要有一个专门仪式称之为“许愿”。

在我插队的村寨上，在广为流传的民歌中，在我搜集到的傩师念念有词的傩仪文中，在乡间就是娃娃都能朗朗上口地念的傩师咒语中，都不难寻找到祈愿的痕迹。

做生意的人祈愿发大财，奔仕途的人叩愿升做大官，病人盼望自己恢复健康，出门要坐船的人指望江河上风平浪静，种田的农民酬良愿，离不了五谷丰登堆满仓。财主做梦也在盼财宝。所谓：横扫金，竖扫银，金银财宝全扫进。乡间最为普遍的，则是冲寿傩。给已上了年纪的老人许个愿，身体好的愿他长命百岁，身体差的给他冲冲喜，添庚加寿。

这一种傩还愿的方式，其实和我们现实生活中常见的拜菩萨有几分相同的意思。只不过我们见到的拜菩萨形式简单得多，而设傩坛做傩仪形式上要复杂一些罢了。

只要完整地去屯堡看过几场地道的地戏表演，就会发现，地戏在开演之前，结束之后，都会有一些特定的仪式，在这些特定的仪式中，是不难看出其浓郁的迷信色彩的。只是随着近年来的进步，这些仪式简化或取消了。人们关注的，是地戏本身。

地戏的演出场地简陋，剧情单一，化妆也很简单，年复一年，演的还都是老套子。那么它为什么还会这样地吸引着屯堡的乡民们历经几百年不败地看下去呢？

问题看上去很复杂，实际上却不难回答。

贵州全境，高原和山地面积占了将近百分之九十，自古以来，群山连绵、沟壑纵横，老百姓的村村寨寨，几乎都分布在崇山峻岭的山间盆地和河谷平坝旁。山川阻碍，偏远闭塞，使得长期生活在这里的人们不易和外界广泛的接触，甚至于基本上不和外界接触。但是对于众多的自然现象，对于人一辈子都要遭逢到的种种困苦、灾难及不可理解的事物，生活在这里的乡民们也需要得到解释。

还有一点更为重要，那就是作为人，他们也像生活在全世界各地的所有人一样，期待更为美好的生活，向往过上更加幸福的日子。他们的愿望需要发泄，他们也巴望着有朝一日真正能过上好日子。可是他们真的不晓得怎么做才能迎接到这样美好的未来。于是他们就只好求助于傩仪这样一种自古流传下来的形式。

我在前面已经说过，安顺屯堡一带的老百姓喜欢地戏，年复一年，年年都像过节一般地欢乐，就那么有限的几堂戏，历经几百年而不衰落，世界上都恐怕没有几个剧种有这么强盛的生命力。

原因何在？就在于他们内心深处的许愿的心态，在于他们内心永远存在的祈盼吉祥避邪驱灾的精神需求。

到了过大年的日子，到了稻谷扬花季节，到了哪家、哪一个寨子表演傩戏的那天，他们呼群结伴地赶了去，不仅仅是去看个热闹，不单单是为了娱乐。而是伴着强烈的许愿心理，带着内心深处的祈盼，带着美好的愿望。

跳过一次地戏，看过一次地戏，热闹过那么一回，他们就会很高兴，就会感觉到这一年很有希望、很有盼头，心情也格外的舒畅。反之，这一年如果因为这样那样的原因而没有跳成地戏，他们就会觉得深深的遗憾和不安。一旦在这一年中遇上了大小灾祸，或是屯堡里出了意外，诸如山洪暴发、房屋倒塌、哪家的娃娃突发疾病猝死等，分析原因时，总会有人叹息说，只怪今年没有跳成地戏。遂而马上就会有人附和，并且大声地说，明年无论如何，是一定要安排一堂地戏来跳了。

地戏是明朝的军队调北征南的时候带进贵州安顺一带来的，这一点看来是没有疑义的了。但是，随着对傩文化深入的研究，人们发现，早在朱元璋调北征南之前，贵州山地的古代先民中，就有冲傩还愿的仪式存在。于是乎，就出现了一个新的问题，是古代夜郎国就存在的傩仪影响了地戏呢，还是地戏影响了原本有的傩仪。

我感到这个问题其实不消多争论，用小说家的想象就能解决。

傩戏面具

在前面的行文中，我已经提到，在“文化大革命”中偷偷看“跳神”的一小节文字。但仍得实事求是地说，尽管即使在那种年头，地戏也没有灭绝，但是毕竟是在那样特殊的年月，决没有人公开地谈及“地戏”或是“跳神”的。在我插队的十年岁月中，也有人大起胆子悄悄地跳过，结果被公社干部发现了，硬是被拖去办了“学习班”，还陪着专门骗人钱财的“迷信头子”挨了斗。

事情奇就奇在这里，一旦说要跳地戏，恢复传统的民间娱乐形式，马上就有人将苦心冒险保存下来的面具献出来。

有了原始的面具样式，早就缩手不干了的能工巧匠又挺身而出，重新雕出式样各异的种种面具，供寨邻乡亲们选用。

当地人把这一类面具称作“脸子”或“脸壳”、把雕脸子的汉子称为“雕匠”。随着出访法国和欧洲，傩戏大盛，一时间，雕匠顿时也跟着声名远扬，大受欢迎，被四乡八寨的老百姓请了去，酒肉款待是不消说的。他们也便纷纷发挥着自己的聪明才智，尽力创造着新的品种和样式。于是乎，用白杨木、丁香木雕刻而成的丑鬼、道人、女将、小军、忠臣良将等千奇百怪的脸子就在方圆数百里内的村村寨寨传了开去。

有了脸子，讲究的地戏班子，喜欢攀比竞争，遂而就逐渐配齐了包头的黑布或是黑纱，黄花背旗野鸡翎，大红绣花的背板和水红上衣，浅绿的战裙，黑底绣花腰带，甚至于扇袋、香包、银铃铛、竹骨扇，一应齐全，披挂整齐。

有了配备齐全的行头和五颜六色的“脸子”，就可以演地戏了。

开演地戏，封箱的“脸壳”在开箱之前，必须得依照几百年传下来的规矩点蜡烛烧香，供滴血雄鸡。进了场，还须“扫开场”，演出之后还得“扫收场”，连带着祭土地，给村寨上的家家户户招财进门，所谓“日落黄金夜落银，牛成对来马成群”。并保佑全屯堡的良民百姓平安富足，来年风调雨顺，五谷丰登。

如此重大的场面和活动，岂能不造成声势和影响？只消哪个屯堡的地戏一开锣，四乡八寨都有人赶了去凑热闹，就如同城里人看灯会、庙会、逛小吃街的心情一样。

安顺的地戏如同出土文物一般扬名于世界。在乡间的地戏纷纷扬扬越闹越红火的那几年中，安顺附近的黄果树瀑布、犀牛洞、天星桥和龙宫等引起世人瞩目的景点，正被有计划地辟为西线风景区，吸引众多省内外、国内外的游览者。先是那些被一股一股西洋风吹得晕晕乎乎的美术界人士对“脸子”发生了兴趣，其中一些颇有见地的美术家们被那些返璞归真的“脸子”所吸引，忽觉得那不正是踏破铁鞋无觅处的宝贝嘛！于是乎仿造者有之，受此启发举一反三运用于砂陶、雕塑、绘画创作中有之，很快地携自己的美术新作冲向世界艺坛的也有之。

最大量的，则是在全国各地的旅游景点，都能见到各种各样的“脸子”在出售。满街比比皆是，四处泛滥。这一现象，究竟是喜是忧，我也说不清了。

屯堡景观

地戏的话题还可以说上几遍，比如说地戏与日本北上川市鬼剑舞的关系，比如说“脸子”上的画法有什么讲究——不过越往下说越说不完，干脆我就打住，让有研究兴趣的人去深挖细探罢。

随着地戏的名声越来越大，去屯堡看地戏的人越来越多，屯堡的景观也开始引起世人的注意。人们对屯堡的历史、对屯堡的文化、对屯堡的生存方式、民俗信仰，都产生了浓郁的兴趣。

除了地戏，屯堡还有其他几种民间的艺术样式。前面我提到过的，在白喜场合有人在唱歌，就是一种样式，在当地叫作唱书。传说洪武年间最初在屯堡住下来的“京”族老祖宗们，看到附近村寨上的少数民族在那里喝酒唱歌、边歌边舞，觉得自己的生活，和他们相比之下十分枯燥，格外想家。于是就将在家乡学过的说唱词，凭记忆记录下来，边哼边唱，自娱自乐，逐渐地形成了唱本。再根据唱本上的内容，改编成地戏来演。

和唱书形成对照的，就是当地的唱山歌。可以说，一到贵州，最早吸引我的民族风情，就是唱山歌了。贵州的少数民族，无论人口多少，居住在水边还是山地，几乎每一个民族都有唱山歌的传统。依照他们的说法是，见子打子，见什么就唱什么。唱情歌的时候，更是显示自己的聪明才智和本领的时候，随机应变，越是能唱的小伙子和姑娘，越能得到情人的青睐和众人的尊重。

屯堡一带的山歌，具有江南民歌的韵律和色彩，但已经吸收了贵州少数民族山歌的活泼、多变、奔放、自由自在的特点。

这种既有江南风味，又和当地特色融合的文化现象，随处可见。

我第一次深入了解的一个屯堡村寨，叫作“放鸽哨”。乍一走进寨子，看到村边的小桥流水，看到村子中央的池塘，看到房前屋后的竹丛，看到房屋的门洞，还有呈明显江南格调的四合院，里头有朝门、堂屋、厢房。院子里有水井，包括门窗上雕刻的花纹图案，我久久地站在那里，恍然感觉自己走进的是江浙一带的村庄。

直到在街巷间走久了，看得更细了，我才逐渐发现了这些屯堡中和江南水乡的一些不同之处。比如江南水乡的民居，往往称之粉墙黛瓦，那一片片瓦都是黑颜色的。而在屯堡，虽然也有盖瓦的房子，但大多数房屋，盖的都是页岩石板，大大小小，铺盖得错落有致，远远望去，既是白花花的一片，但又不觉得枯燥，那有弯有斜、有竖有横冰纹般的纹路，映衬在青山绿水之间，别有一番情趣。被不少外国人称之为中国典型古城堡的屯堡村寨，既保存着明清两朝的遗风，又融合着西南和江南各自的特色，非常耐看。

至于过大年的时候，家中不许扫地，说是怕把财宝扫走了；五月端午，要吃粽粑，挂菖蒲；生了娃娃，要吃满月酒；等等生活细节，则同我们孩提时代经历过的几乎一样。只是讲究的程度不同，江南一带渐渐淡化了的民俗，在屯堡却还完整地保存着。要说差别，最有代表性的可以说是体现在伙食上，今天的屯堡人，已经和所有的贵州人一样，特别爱吃辣，辣子豆腐、辣子鸡、糟辣椒炒肉片，已是安顺屯堡人的名菜，可以说是无辣不成菜了。

奇特的风情，悠长的历史，古朴的艺术，别致的生存环境，构成了罕见的屯堡景观。这就是我曾经生活了整整 21 年的那一片乡土，时常在梦境中萦绕不去的山地。把它写下来，也算是我一份心意罢。

纳税往事

这一件和上税有关的往事，算起来已有整整26年了。

记得那是1982年。

那时候我虽已是贵州省作协的专业作家，但因为在省城里没有房子，户口上在一位好心的编辑家中，人仍旧住在偏僻的山沟里。到贵阳开会或有其他公务，就住在省文联附近的旅馆里。平时呢，常年住在我插队的修文县猫跳河谷的水电站宿舍里。

那地方的准确地名是贵州省修文县小箐区中寨六级电站。

就生活而言，六级电站比我插队落户当知青时好一点儿。因为电站宿舍区有公用自来水，每月也有劳保肉供应。我和妻儿生活在电站上，每月有90元的工资。妻子月工资42元，我的工资47元6角。先是住在石头垒起的房子里，后来电站上建了职工生活区，妻子是电站职工，分到了一室一厅带厨房的一小套房子。应该说，生活质量比我们两个当知青时是好得多了。

而以大环境言，六级电站比我们插队的久长地区，还要蛮荒得多。久长就在贵阳到遵义的干线公路附近，搭班车到省城贵阳去，只需一个半小时。而在六级电站，坐班车去贵阳，总得花上半天时间。

六级电站也叫红岩电站。是因猫跳河谷陡峭的山崖上，有一片红色的岩石而得名。地处偏远蛮荒之地，风光却是十分耐看。猫跳河谷周围，一座座耸崎的山峰有的像雄狮，有的如猛虎，有的称作双乳峰，有的叫美女峰。最为神奇的是，还有当地人称之石祖公、石祖母、石祖娃的关刀山悬崖绝景。建电站时工人们去山上玩，还发现巨大的半岩上，镌刻着一幅双牛争王的壁画，两头牛鼓眼犟劲，奋蹄砺角，斗得正欢。画面中隐约可见一个人站在两头牛后侧，活似竞技场上的裁判。千百年来，风雨剥蚀着山岩上的壁画，无人讲得清它是哪朝哪代哪一个的作品。旁边的一首诗，更为这莽莽苍苍山野里的景观增添了几分神秘之感："手扒狮子山，脚踩三岔河；谁人识得破，金银用马驮。"

诗中所说的三岔河，是猫跳河的一条支流。

我花这些笔墨细细地描绘电站的环境，既想说明那里的湖光山色如何诱人，又想讲清那里离现代生活是多么遥远。我细细数过，在红岩电站的任何一个位置，举目远眺，远远近近的山峰，数得清楚的是 135 座。而红岩电站的职工，把看门值班的武装卫兵算上，一共只有 93 人。

我经常说，这地方的人头没有山头多。

正因为荒僻，正因为和外头的接触很少，从省城贵阳开到红岩电站来的班车，两天只有一班，送来不多的几个乘客，同时也捎走更少的几个客人。有一次，山间公路旁一个村寨上的农民们不知为什么事表示他们的不满，把本来就坎坷不平的泥巴砂石公路挖翻了，省城里的班车开不进来，一停就停了两个多月。电站上的职工不但收不到信，连订的书报杂志也收不到。唯一和外界的联系，就只靠载波电话维持。

我离开插队落户的砂锅寨，调进省作协当专业作家，以下基层生活的名义，几年来一直住在水电站上。对那里的安然平静，对周围几个村寨上各族老乡的生活，对附近的环境和景点，对电站职工们的情趣，可以说是十分地熟悉了。专业作家的身份，又使我和人们有一种既不会引起矛盾，又能近距离了解和洞察他们的优势，村寨上的农民们在想些什么、忧心些什么，电站职工们挂念的是什么，如何培养他们的子女，我也都知道得一清二楚。天天伏案写作之余，我时常还会带着牙牙学语的儿子，到猫跳河山谷去倾听悠扬的山歌，进苗汉杂居的寨子里去听牛羊哞哞地叫，去看鸡鸭觅食，去尾追家犬欢跑，去观婚丧红白喜事的热闹。应该说，远离尘世喧嚣的日子，自有几分田园山水的滋味。

在这种生活状态里，怎会发生上税的事呢？

说来仍和我的创作有关。长篇小说《我们这一代年轻人》，我就是在这里写出来的。上海的《收获》杂志于1979年全文发表以后，北京的中国青年出版社在1981年出版了单行本。书印出不久，他们就把几千块钱稿费寄了过来。

那个年头，收入稳定的普通电站职工，月工资是四五十元。就是水电站领导，工程师，不过也就六七十元。邮电所长亲自把汇款单送到我的家里，无论在电站上，还是电站上头半山坡那条短短的街子上，这都是一件大事。人们围观议论的情形，简直可以用“轰动”两个字来形容。邮电所长还说，修文县城里最富的领导白政委，是1950年土改时北方南下来的干部，“文化大革命”中受冲击，被拆了家，“文革”结束后落实政策，把存款和补发工资还给他，一共是2 500元。白政委把这笔钱存进了银行，于是全县传遍了，白政委是县城里最富的人。你不简单，一本书的稿费人家就汇来几千元，比白政委还富！我告诉你，稿费你是得了，稿费单子一路从县城发下来，人家也都知道了。你不要忘记上税，区税务所已经捎了话，让你准备好上税。

稿费收入超过800元要缴税，这一规定我是知道的。不过，区公所的所在地在小菁，离红岩电站足足40里山路，要上税，莫非要我来回走80里山路，去缴一次税？

邮电所长对我说，你不消去，区税务所已经来过电话，说会派专人到电站来，收你的这一笔税。

听了这话，我才放了心，安心等待人家上门来收税。

这里我得插叙一句，20世纪80年代初，稿费制度刚从每千字最高7元，提到每千字最高10元。收入超过800元要上缴所得税的法规，刚开始执行不久。出版社和税务部门之间，也没有达成像今天我们已熟悉的那样，由财务部门代扣代缴的操作方式。收到超过800元稿酬的作家，得自行纳税。

这是贵州一个间晴间阴的日子，城里人称之多云天。在山乡里，则是一会儿出点花花太阳，一会儿太阳又被浓云遮住，不冷也不热。在多雾多雨的贵州，这算是一个好天气了。

午饭后将近一点时分，我带着儿子在平房前的院坝里玩耍，只见一个五十开外，留着花白胡子的老汉，手中持一根竹竿，由一个不足二十的小伙子陪同着，从弯弯拐拐的山间小路上朝电站职工宿舍的院坝里走来。一老一少两个人，都敞着怀，一看就是赶了好长一段山路。

我不认识他们，老汉笑呵呵地自我介绍："我是区税务所的。"

我明白，这是上门收税来了。虽然已过了午饭时分，我仍按照贵州山乡里的风俗，问他："吃饭没得？"

老汉连声说："吃了吃了，就在上头街子上吃的。他们指点我们，说你就住在这一片宿舍区，我们搁下碗筷，直接就来了。没想到你这么好找，省了我们好些事。”

我请他们进屋坐，他们说不消了，收完税，还得赶回小菁，40 里山路呢！

我明白他们的意思，崎岖难行的山道，40 里地，起码得走 4 个小时。他们身上带着钱，还必须抢在天黑之前赶回区税务所。

于是他们给我出示税单，我看了一下，这一笔北京汇来的稿费，我收入多少，免税多少，该扣去多少，缴多少税，写得一清二楚。比我原先估算的还要精确，于是我回到屋里，把我该缴的税，交给了两个税务人员。因为我拿出的都是 10 元一张的“大团结”，他们还找回了我七八块钱。

缴清税款，老汉一而再再而三地夸我：“你这个人要得，要得！”

在贵州山乡，一个上了年纪的人这么夸年轻人，已经是极大的赞赏了。我不明白，他为啥对我赞不绝口，手里抓着他找回的零钱，我不由地问：“是我应该谢你们，专程跑这么远路来收税。你咋还夸我呢？”

老汉拍着我肩膀笑道，你不晓得，我们走村串寨收税，不容易啊！今天一大早，天蒙蒙亮从小菁上路，沿途过几个寨子，原先都约好的，走进寨子一问，说纳税户不在，我们有什么办法呢？只好二回再找他们。我们今天的重点是你，实话告诉你，我在这税务所干这一辈子，四百一十几元钱，是我向个人收的最大的一笔税款。来之前，我们还怕你不在呢。没想到你二话没说，就把税款缴了！我们最大的一桩心事也了啦！昨天，我们所长还在说，收这400多元税款，要做好跑三趟的准备。

我诧异地眨着眼睛问：“为啥子？”

“没有纳税意识嘛！”老汉高声说，“农户杀一头猪，只缴三元，我们总得苦口婆心收几趟，不晓得说多少好话哩！”

我似乎有些明白了。

一老一少两个税务人员，水也没喝一口，一人手中拿一根走山路必须带着防狗、防蛇的竹竿，又转身走了。

低头清点老汉找给我的零钱，我突然发现，老汉多找还给我一元钱。又点一遍，还是这样。

于是我又追上去，让他们停步，把老汉多找还给我的一元钱退给他们。

令我惊愕的事情发生了，老汉接住这一元钱，拉着那年轻小伙的手，深深地给我鞠了一躬，声气颤抖地说：“你是个好人哪！叶辛，你能活一百岁！”

在我来说，这是天经地义的事情。没想到，却让这一辈子收税的老汉看得如此之高。

电站宿舍区还有其他职工在休息，听到老汉的话，以致往后的好些天里，他们见了我，就跟我开玩笑说：“你能活一百岁！”

一晃，二十几年过去了。但这件和纳税有关的小小的往事，时不时会浮现在我心头。我要特别说明的是，26 年前，在贵州偏远的山乡，一元钱足够供一个人一天的伙食。一大碗连饭带菜的豆花饭，足够吃饱了，不过才二角五分。这是今天的读者必须了解的。

当好“客人”

坐着列车在山乡旅行时，每当晴朗的黄昏，我总爱透过车窗，向着那些夕阳辉耀下的原野眺望。哦，所有的山岭、田坎、河流、树林和间或可见的飞泉，对我来说，是陌生的，但似乎又是熟悉的。准确地说，应该是眼前的这片景物对我是陌生的，而类似的生活环境对我来说又是熟而又熟的。我熟悉傍晚时分草木那股特有的气息，我熟悉光着脚板在田埂上走路的那种滋味，我熟悉一天的劳动过后双手双脚在清澈的小溪流里冲洗的那种美妙的感觉——一切离得是那么地遥远又是那么地亲近。我眺望着也在回味着，回味的同时还在寻找，在贪婪地不满足地寻找。寻找什么呢？我总希望自己寻找的景物到了八九十年代不复存在了，但遗憾的是，即使是到了 90 年代的今天，这样的景象在稍纵即逝的列车车窗外还是能看到。

太阳是落坡了，高坎坎的田埂上，仍然能看到两个农民，勾腰俯身，从低洼处用长长的绳子拴着篾斗，把塘里的水提起来，倾倒在高处的田块里。蓝天绿野是衬景，两个农民俯身勾腰、提水上扬的动作做来是那么自然贴切、那么富有节奏感。远远地看去，当那提上来的水泼向高田的时候，闪闪发亮的银珠光波，真给人以一种充满诗意的感觉。我就不止一次地在同车旅客的感叹声中，听到类似的评价。

很难去责怪没有农村生活的陌生旅客们的无知，尽管这些旅客中不少人还是干部。逢到这种场合，我心头总是想，这大约就是生活和艺术的差别，或者说是生活和艺术之间的距离。把这一幅景象绘制到画面上，人们会感到这是一幅充满生活气息的画作。而唯有真正在干活的农民，才知道干这活的滋味。

插队期间，我就常常和一位老农分站在田埂两边，一斗一斗地把洼处的水戽到高处干裂的田块里。这是天旱季节乡间最重的农活之一，这是不得已而为之的农活。常常，一天戽到黑，高处的田块才能积起一二寸厚的水来，但是，就这一二寸厚的水，还是不能打田栽秧的，犁一翻过来，水又没了。要戽够足以打田栽下秧子的水，两个劳力起码从早到黑连干 3 天。

和我一起戽水的老农 50 开外了，但他身体强壮，一口气可以戽水 300 多斗。像我这样 20 来岁的小伙子，咬紧牙关地干，一次最多也只能戽一百五六十斗水。干一回，我们就歇一口气，所谓一口气，一歇就要歇二三十分钟。坐在田埂的荫处，揭下草帽来扇一扇风，两眼仿佛深沉地望着远方，那里有远山近岭，有泉水瀑布，有牛羊和不时甩一下尾巴的马，有偶然可以一闻的山歌，有——山野里真是有数不清的东西。可我们什么也不望，我们只是在歇气，这时候世界上最好的事情就是这么安安心心地坐着歇一口气了。歇得时间久了，我还忍不住会打瞌睡。老农总是用他那双微微眯缝的眼睛，同情而宽厚地望着我。我瞌睡醒来，朝他不好意思地笑一笑时，他总是理解地说：“没关系，一会儿我们抓紧戽，总要把田淹上啊。”

插队的时间长了，对山寨周围的山山岭岭也看得乏了，歇气时我忍不住跟他说：“你想嘛，这一座座山头，千百年来都没有变化。你的父母，你的祖父母，你祖父母的祖父母，逢到天旱时，想必也要戽水吧。”

老农肯定地点头，一扬手说：“那当然。你我都是客，他们才是主人嘛！”

“你说什么？”我大为不解，大声问。

“坡是主人——人是客嘛！”老人见我没听清，故意放慢了口气道。

我默然，久久地望着这个不识字的老农。直到此时，我才仿佛真正认识了这个天天在一起干活的老人。直到此时，我才真正明白了，他对我为什么那样宽厚且富有同情心。这话里的哲理比书本曾经教给我的要厚实得多。

诚然，人是万物的精灵，是地球理所当然的主人。然而，人在改造自然、改造世界的过程中，必须遵循客观规律。从这个意义上说，我们不都是“客人”么！

岂止是山岭田坎，对于我们生活的这个世界，对于这个世界上终日在无休无止地忙忙碌碌的芸芸众生，我们不都是客人嘛！

我们要考虑的只是，如何当好这个“客人”。

辣椒与我及其他

本来想的题目是《我与食品》。斟酌一番，觉得这题目实在太大了些，所以改成现在这样子。细细想来，即使改了题目，这类文章还是不好做。原因是极简单的，因为在此之前，有过很多介绍美味佳肴的文章，有过许多详细介绍烹饪的节目。电视台开辟的《学烧中国菜》专栏，已深入千家万户，成为家庭主妇们互相传经送宝的热门话题。名目繁多的中国菜肴的雅名，什么“雪映红梅”（银耳菜心）、什么“凤入竹林”（竹笋鸡丝）、什么“玉树金钱”（冬菇菜心）、“花好月圆”（虾仁鸽蛋）更是令人目不暇接。随着生活水平的提高，不少带有异国情调的风味菜肴与点心，也正在逐渐走进中国人的家庭。携三二同学好友，团聚日至爱亲朋兴致所至，会不约而同地步入品味高雅的餐厅宾馆，去一尝带有特色的各式菜肴。闲暇时交谈一番品尝丰盛筵席的体会，再不会让人扣一顶帽子遭来非议了。于是乎众多的杂志上，谈吃谈食品的文章也多了起来。诸如去什么湖畔食鱼，到某一名胜之地吃到带点稀奇的野味，或是在哪个风景地尝到了一道名点心。至于怎么吃得更有营养，如何吃得更舒服，吃的时候有什么讲究的短文，在报章杂志上也是屡见不鲜。浏览众多与吃与食品有关的文章，真可谓在这一领域，也已发挥得淋漓尽致、面面俱到。

而我既非营养专家，更非令人羡慕的美食家。这辈子中度过的好些日子，时常还在为填饱肚皮、为解决温饱在挣扎。于是自然而然便想到了辣椒。

记得我初到贵州，欢迎我们去插队落户的乡间农民们，摆出一桌丰盛的菜肴招待我们。我一眼注意到桌子上有只耳朵连在一起的瓷罐，釉光闪烁，造型别致。这是我在上海的餐桌上不曾见过的东西。于是询问，答曰：盐辣罐。亦即一边盛着盐巴，一边放着烤干舂碎的辣椒（当地人称糊辣角）。当一大锅热气腾腾的清水煮白菜端上来的时候，农民们便热情地将一些葱花和辣椒、盐巴拌和着菜汤水搅匀，然后客套地让我们夹着清水白菜（当地唤作炟菜）蘸来吃。盛情难却，我们便夹起菜学着尝一点。哪料菜一入口，就辣得我们咳的咳，喊的喊，吐的吐，半天回不过神来，有的上海姑娘连眼泪都给辣出来了，当即逗起农民们一阵畅怀大笑。而看着农民们吃那老炟菜蘸辣椒水，菜皮皮上还沾着一颗颗尖头辣椒的籽儿，我们更是目瞪口呆。不无担忧地暗忖，以后的时日里如何同吃得这么辣的老乡们打交道？谁料想，没过几个月，我们一些知青，已经习惯地在煮菜炒菜时放上一点辣椒了；

而两三年后，一些上海知青，吃起豆花蘸油辣椒、泥鳅辣椒（直接将新摘下不去籽的辣椒放微量的盐水煮熟后形如泥鳅）来的水平，比一些当地农民还要高。连我自己，对辣椒很不适应的，竟也能吃一些颇有特色的辣味菜了。甚至在下面条、煮火锅、吃豆花时，不放那么点辣椒，吃来还不过瘾。

这是何原因呢？

简单的答复自然是入乡随俗，口味变了。往深处询问，那么为何在短短几个月甚或两三年的时间里，人的口味就会变得这么快呢？

这就不得不提到气候与地域了。

提起贵州，人们就会自然而然说起“天无三日晴”的民谣。这话虽然有些夸张，但是贵州山区的多雾多雨，却是实情。绵雨期长，山野河谷里雾岚浓重，空气中的湿度大，自然就潮湿。农作物受此影响稍不留神便易变质发霉，人体其实也是同一道理，在乡间潮润的空气中待久了，端起饭碗就想吃点有刺激的食物，到了深秋初冬季节，寒凝降临，不但想多吃点辣椒，甚至想喝几口醇厚绵甜的白酒。故而贵州人的食品中不但少不了辣椒，酒文化也是相当的发达。流经黔北高原的赤水河岸上，星星点点布满了驰名中外的酒厂，以至于赤水河被称作一条“淌酒的河”，不是没有缘故的。

我的孩子是在贵州山乡出生并在那里长大的，在他每天的菜肴中绝对不能少了辣椒。童年时代带他回上海探亲，去北京、天津游玩时，也曾带他去品尝过一些名点名肴，本意是想让他开开眼界、尝个鲜、过点瘾，却不料无论是什么好吃的菜肴点心，他都吃来寡然无味，大摇其头说不好吃，并且多次宣称，世界上最好吃的东西就是辣椒。为此，我们一家人调归上海的时候，特意为他备下了五六斤辣椒，包括前面提到的油辣椒、糊辣椒、辣椒酱、酸辣椒多个品种，心头还在担心，这些辣椒一旦吃完，不知通过什么途径可以得到补充。因为上海的各种辣椒、辣火、辣酱实在是不能同山乡的辣椒相比，拿孩子的话来说就是"上海辣椒没香味"。哪晓得，初初回上海吃什么都嫌没味的孩子，在上海住过了几个月，已经不馋辣椒了。最近一次家中包馄饨，照以往惯例给他舀上了一小勺辣椒，他竟"哇啦哇啦"喊起辣，并且申明，吃馄饨不要放辣椒。因吃起来没鲜味还辣得喉咙痛。我们原先的担心因此也就不翼而飞了。看看瓶子里，带回的五六斤辣椒，还没吃去一瓶呢！

至于我和妻子，在贵州时多少也都每天吃点辣椒的。回到上海之后，竟已毫无吃辣椒的欲望。

贵州人食辣，上海人不吃辣，看来仍同地域气候的差别有关。

另一件事大约也可以说明点问题。1983 年我赴京参加六届全国人代会，开饭时代表驻地有零卖酒服务，让有酒瘾的同志自己掏腰包买来喝。那年头的茅台酒在市场上非常少见，来自贵州的几位年龄稍长的工作人员见柜台上有茅台，兴高采烈地争相你二两我三两地买来聚在一张桌上畅饮。当天晚上，这几位同志都流了鼻血，第二天早餐时，他们连连摇头说：“喝不得，喝不得。北京天气干燥，这几天又晴朗，气温高，一喝白酒就糟了。”尽管在贵州时，即便是酷暑时节喝茅台酒都不碍事的。

贵州还有一道土菜叫“折耳根”。其实就是鱼腥草。中药堂里历来是把它当做药的。但在贵州，却是一道名副其实的家常菜。田埂、土坎、沟渠的泥巴里挖来洗净，和葱、姜、蒜、芫荽、白糖、香醋、辣椒拌和，食来辛辣苦涩中透出股惬意的清香，别有一番风味，确是一道独特的土菜。以致自然生长的“折耳根”已供不应求，现在已经人工大量培植供应市场。土生土长的贵州人远离家乡后时常怀念这道菜。一些亲戚朋友不远千里送到北京、天津、上海，奇怪的是，这些身处异地的贵州人，食了这道菜却又纷纷说味道不如在贵州吃起来香。

我想，其实这也是食品因地域气候条件而异的缘故罢。

各种名目繁多的食品之产生，是同气候地域有着密切关系的；而食品也因地域气候的不同大有差异。

人类的口味也是如此。

把这一点肤浅的体会谈出来，我想大概不会是无益的吧。

别 亦 难

说要走、要走、要走，临到真正获知同意我走时，我的心又惆怅地悬浮起来。连续多少个夜晚扪心自问，当真要走了吗？当真要走了吗？

1985 年的春天，75 岁的老母来信告诉我，她的一只眼睛开始看不清东西，很希望我回去照顾她。她说我离家已有 16 年了，很多插队落户的上海知青都回去了，我也应该可以回家。据此我交了请调报告，当时上上下下是一片挽留之声，领导还派了干部去上海探望我母亲，说服了她。我也便留了下来。一留便是整整 4 年。1989 年 3 月，母亲双目失明，她已不能执笔给我写信，信是亲戚写的，告诉我老人很烦恼，天天喊着请人写信要我回上海，那时我正在中央党校学习，便写信托自小一起长大的同学设法送她进一所市级医院动手术。12 月，我赴京开会后，绕道上海看望母亲。母亲手术后效果不好，眼睛老流泪水，配了深度的眼镜，只能勉强辨识人影在她身前晃来晃去。我回家 10 天，她天天要我同意设法调归。她说你 19 岁离家，现在已 41 岁，当年说把青春献给祖国，你已经献了，为什么那些家庭没困难的都能回来，你就不能回来照顾老人，你还要我盼多久？

我知道母亲的记忆里还残留着她对贵阳的印象。那是抗战初期，日本人打进江南，她携我的大哥逃难路经贵阳，住过一阵。我决定出来插队落户那一晚，她整夜在我床边踱来踱去，翻来覆去讲的只是一句话：贵阳只有一条街。何况你去的是乡村，真是不懂事啊！

这一次，亲戚朋友们更是站在我母亲一边，有劝的有说激愤话的。总而言之是要我回归。

我只能据实说我何曾不想回上海，这是我的故乡我自小生活的地方。但调回上海岂是像买一张戏票那么容易？我去找了上海作协，说了我的困难请求他们帮助。上海作协的领导立即请示研究并以最快的速度正式答复我。同意照顾我调归。

于是我在上海当着母亲和亲属写下请调报告，回黔后和妻儿商量定下来，就把报告交了……我十分感激各级领导和省委几位主要领导同志的盛情挽留，我也十分感激他们最终对我家庭遇到的困难表示的理解和同情。当我确知领导上终于同意我调回上海时，整整一个通宵我没睡觉。除了预感到这是我命运中一个巨大的转折之外，更多袭上心头的，是一股依恋的情绪，是由即将到来的离别引出的莫名的惆怅和汹涌的思绪。

是的，到贵州那年我 19 岁。19 岁的小伙子懂什么呢，1969 年，又瘦又小的我除了虔诚便是盲目。

是贵州的山水土地哺育了我，是贵州勤劳朴实的各族人民养育了我，是贵州的各级领导培养了我。使我从一个少不更事的青年，成长为一个作家。

我忘不了，在偏僻村寨的山野田坝间，跟着世代栖息在这里的农民们学犁田、钻煤洞、敷田埂、采茶叶、熬更守夜看谷场、挖野菜、抗旱、摘红子檬充饥，学做一系列的农活。记得那是一个飘飞凌毛毛、冰雪封山的日子，我高烧病倒了，孤身一人躺在茅屋里。每天，一个 14 岁的娃娃，用竹壳热水瓶给我送来满满一瓶豆浆。那 4 天里，我就全靠着这豆浆维持着病体。后来，还是我的这个学生，冒着寒冽的北风和雪凌满地的泥泞，到另外一个寨上喊来了医生，打了针、退了烧（今年我才从寨上来贵阳的另一个学生嘴里知道，这个孩子在出外打工时，让倒下的砖墙压死了，我非常难过）。记得那年夏天，不知怎么搞的我脖子后面生了一个疮，吃药、打针都医不好，反而一天比一天严重，日夜痛得不得安宁。是山寨上那个平时说话不多、干活路时爱唱几句山歌的老汉，特意为我跑高高的山坡上采来了草药，敷了几天，竟神奇地消炎退肿了。后来人们告诉我，他虽不是医生，但治毒疮的中草药是他家的祖传秘方，不是他看得上眼的人，他还不一定肯呢……记得我在乡间的那些年里，外面的世界纷纷扰扰地不太平，“文化大革命”激发的权欲满世界泛滥。我在山寨上过日子，虽然生活得艰辛而清苦，却享受着一份出奇的清静。除了累人的劳动之外，倒没几个人来歧视你折磨你，清贫的日子过得还是相对安宁的。正是这样的年月里，我萌生了学习创作的愿望。那年头，就连一同来插队的知青中也有人说我这是资产阶级名利思想，是没有接受好“再教育”。但是纯朴的农民并不这么想，他们看我劳动之余还要起早贪黑写作，干脆把我调进耕读小学执教，让我在教学之余可以有更多的时间“写书”……哦，就是在这样的岁月里，在这些渴求着过吃饱穿暖的生活、然而温饱恰恰又不得很好解决的普通农民中间，我开始认识了祖国农村的广袤大地，开始熟悉了“日出而作，日落而息”的农民。多少年以后，我才意识到这一段生活给我留下了深深的烙印。如今不论遇到什么风波，遇到什么想不开或是不悦的事，我首先想到的是乡间的农民们，和他们比比，人在物质生活上会感到知足；想想他们，很多想不通的问题自会迎刃而解……

我同样忘不了，当我的第一本书于 1977 年 2 月出版，当我的其他作品随着文艺春天的到来一本接一本与读者见面时，贵州人民和各级的党组织，给了我很大的荣誉。第六届全国人大代表，全国青联常委，全国自学成材优秀青年，首届五一劳动奖章，贵州省十大优秀青年新闻人物，第七届全国人大代表……当这些荣誉接踵而至的时候，我真有些受宠若惊了。我深知自己其实并没有做过多少值得夸耀的事，我只不过写了几本书而已。

正是因为这样，我一点也不敢怠慢、松懈。牢牢抓着手中的笔，尽自己的能力创作着。这十几年里我出版了 28 本书（长篇小说 19 部，中篇小说与集子 9 部）。所有这些书全是在贵州的土地上写出来的，评论家们对这些书品头论足，读者们给我写来 2000 多封热情洋溢的书信……我想，一个作家的本分，无非就是写作，勤奋地写作。正如巴尔扎克说的：今天写作，明天写作，后天也写作……天天都在勤奋中度过。记不清是哪一位伟人讲的："逆境的美德是坚韧，顺境的美德是节制。"在贵州的 21 年，我想，我基本是这么做的。要走了，要离开贵州了。从申请调动，到获准并办理一切手续的这段时间里，消息传开后，一些工厂的职工和干部，一些大中学校的师生，曾给予我巨大支持的省青年联合会的朋友们，一些新的老的朋友们，邀我去他们那里走一走、看一看，家里坐一坐，吃一顿饭。形式虽是极为简单的，但却充满了人间的温情……

别了，贵州的父老乡亲！别了，朋友们！

别亦难啊，别亦难！

今天我要离开贵州

今天我要离开贵州。

醒过来的第一个念头，就是这句话。天还没亮，抬腕看表，仅只凌晨 4 时许。人困，却是怎么也睡不着了。

是的，要离开贵州了。不是像以往那样，是探亲，是出差，是到乡间，是去北京、上海、广州等处开会、改稿。以往走得再远，我终究还是要回来。因为我的家，我的妻儿，我的事业和工作的单位，都在这座小小的称作贵阳的省城里。在这里，我已经当了 7 年半的居民。

但是今天，1990 年的 9 月 1 日，我将永久地离去、告别贵州。以后即使再来，我也仅只是作为一名故地重游的客人来了。

在木板床上翻身，声音吱嘎作响。妻也醒了，她大睁双眼：“为何醒这么早，今天是没有多少事了。”是呵，去上海的火车要在晚上 20 点 11 分才开，还有整整一天呢！和忙忙碌碌奔波不息的前几天相比，今天是没有很多的事了。

该带回上海的几千册书籍，连同一点衣物和家用电器，已在昨天装满了两大集装箱，托运走了。

在贵州21年，无论是在山乡，在省城，各族各界中都有不少的朋友，无法一一告别，一一去说那些重复的惜别之言，我已写下一篇短文交给了《贵州日报》，嘱他们在我离去之后，随便挑个稿不挤的日子发出来。在那篇短文中，我叙述了调离贵州的缘由和对故乡上海的眷恋之情，但更多地叙述了在贵州21年走过的人生之路，以及别离所带来的悬浮惆怅的心情。取名《别亦难》。

好像也没有其他的话讲了。

好像也没有不甚妥帖的事了。

但我仍然睡不着。于是索性坐起身子，和妻一起聊着当年到贵州来的情形：1969年3月31日，列车在一个寒冽的黄昏将我们送进小而简陋的贵定车站，一人发四只油饼一碗汤，当晚住在贵定中学腾空的教室里，地上铺的是谷草。第二天又由卡车将我们送到修文、息烽、开阳三县交界的山乡里，开始了艰辛、苦涩、累人的插队落户生涯……

天渐渐亮了。

窗口爬进了曙色。家具什物搬空了的四室一厅的房子，显得空荡荡的。

8时许，约好的车开来了。去贵阳车站行李托运处想把一件昨天“漏网”、忘了托运的孩子睡的钢丝床托运掉。报出价来是68元8角。比床的身价竟高出一倍之多。于是只得说："我不托运了。"

无精打采拖着钢丝床回到家。请司机去忙他的事，我顾不上发一声牢骚，便又马不停蹄地直奔电信局，往上海家里发电报，通知我们的归期车次。顺道又去了银行，办理一点旅行支票。去电信局和银行，自然又免不了无可奈何地排队静候，回到家已近中午11时了。

此次返归上海，除了书，除了家电，婚后我们陆续添置齐的一套土漆家具，以及小铁床、缝纫机等悉数送了人。没想到他们竟像约好了似的，全在中年时分赶来了。

东西未搬完，《山花》编辑部来人请我们，说是离开贵州了，编辑部邀我们夫妇吃一顿便餐。妻不愿去，我说我曾在《山花》当了4年半主编，冲这一点吃顿告别餐，大概误不了什么事的。

餐后小说编辑拿来几本第九期的《山花》，那里面刊登了我写的《小说三题》。几年没给《山花》写稿了，这一组稿，也是写来放在那里，作为告别之作发的。

回到家。家已真正地不成其为家了，所有的东西都已搬空，只剩几个随身携带的包裹和箱子。从此时起直至傍晚，来话别、来相送的朋友们只能站在屋里，幸好昨天在六七只可乐瓶里灌满了开水，还有口水可喝。

车是近 7 点的时候来的，送别的朋友、同事满满坐了一面包车；到了火车站，软席候车室里也挤满了来相送的人。这是出乎我意料的，我不一一去告别，只是请《贵州日报》发一篇文章，就是不想惊动什么人。但现在他们都来了，而我的车票只能买 4 张站台票，怎么办呢？幸好软席候车室的两位检票员都是熟人，她们敞开了大门，让所有来送的客都上了站台。

车是准点开的，8 点 11 分。

车开出站，我仍呆痴痴坐着，足有一两个小时。不想说话，不想动弹，似乎也没在思考什么，只是心绪波动。脑子里翻来覆去念叨的，只是一句话：生活了 21 年的贵州，别了。

也贺教师节

教师节快到了。

这是我们祖国的第一个教师节。

辛勤的园丁们欢欣鼓舞，接受教育的上亿的学生们兴高采烈。可以说 960 万平方公里土地上关心祖国教育事业的每一个人，都在为我们国家多了一个这样有意义的节日而高兴。

在这喜悦的日子里，不知为什么，我常常会想起自己在乡间的小学校任教的日子，常常会想起那段日子里好些叩人心扉的小事。

哦，那是一段值得留恋和怀念的日子。

我忘不了，任教的第一个冬天发生的那么一件事情。那是 1972 年，冬月将尽，地处川黔铁路制高点的久长地区，早早地飘飞起了凌毛毛。料峭寒冽的西北风吹得人只想守在火塘边不挪窝。我像平时一样，喝了一杯自制的豆浆，便赶往离寨一里多路的庙上小学校去。到了那个由原先的尼姑庵改成的小学校里，四处都是冷清清的，一个人影子也不见。我焦躁地来回走了一圈，不由恼火了，这是咋搞的呢？到了上课时间，不但学生一个没来，连其他几位教师也不露面。这样子教书和读书，教学质量咋个上得去啊！要晓得，在到小学校来之前，我向大队党支部和贫协的干部保证，一定要送一批学生进公社中学去。因为在我们下乡前后的几年中，大队所属的几个寨子，不曾有一个娃娃进过中学。

烦恼急躁之中，我抓起那根冰冷的铁棒，狠命地敲击着垂吊在梁上的圆铁柱，“当、当、当”的响声，随着寒风飘向山脚下的四个寨子。

8点3刻，来了第一个学生。随后，四五十个学生娃娃，陆陆续续地踏着溜滑泥泞的山路到学校里来了。直到9点半钟，学校里的大半学生和几个上课老师才算到了。我那个班的学生娃娃，每人背着书包，同时手里提着一只火笼，这火笼不是电视剧《安娜·卡列尼娜》中安娜用的那种高贵的护手火笼，而是用破脸盆、破瓦罐、烂花盆串几根铁丝做成的火笼。“叶叶”燃起的火苗上，架着几棵干柴，烟气袅袅弥漫了整个教室，把一个本来不大的教室，熏得又呛人又辣眼睛。

天哪，这还怎么上课？本来就憋了一肚子火的我，板着脸站在讲台上。学生们似乎并没注意我的情绪，只顾闹闹哄哄地打开书包，从书包里拿出一根根干柴，小心翼翼地架到火笼上，俯身呼呼地吹着。一瞬间，满教室都是吹火声，柴灰飞扬起来，烟雾腾腾。

我恼极了。本来就迟到了，进了教室还这个样子。

我一个箭步跃下讲台（原谅我那年只有22岁）对准第一排那个姓杨的11岁娃娃带来的破脸盆，一脚踢去，把破脸盆踢翻了。

整个教室的学生们被我这一粗暴行为骇住了！呆痴痴地望着我。

我退回到讲台上，准备开始一堂强调学习重要性的训话，刚把脑壳仰起来，坐在最后一排的那个年龄稍大的女学生，朝着我连连摆手。我向她一瞪眼，她又用手指了指坐在前一排的一个男生。那是个14岁的娃娃，在五年级班上，不算小了，光着脚板，穿一条十分褴褛的裤子，脸冻得发青。我惊愕得愣住了。再看被我踢翻破脸盆的杨增贵，吓得直垂眼泪，一边啜泣，一边抖抖索索地从书包里拿出书本、铅笔盒。他穿的更单薄，光脚板上还沾着稀泥。我的目光向全班扫去，这些偏僻山寨上的娃娃，差不多都是一个样儿。

我站在那儿，大睁着双眼，傻了！教室里的烟围裹着我们，我同学生们一起淌下了热泪。是呵，我们山乡的娃娃们，理该穿得暖暖和和，理该坐在温暖的教室里读书，可是他们穿的那么单薄，冬天还光着脚板。我虽然是个知青，虽然也穷，但我还穿着棉毛裤、毛线裤，脚上还有一双棉鞋。可娃崽们……一刹那间，我的脑子里涌起了那么多思绪，我仿佛这时候才意识到我们教室四五扇窗子都没有玻璃；我仿佛这才注意到，我们的教室连门也没有，逢雨必漏，学生们要撑着伞上课；还有那些为繁重的农活和琐碎的家务事所累的乡村教师们，他们在赶来小学校前，往往都还在挑粪、锄地。哦，让极“左”路线重创的贫瘠的山寨，我置身在这么一幅萧条的画面里，年头有些久了，已经麻木了。我怎会那么糊涂，做出如此粗暴的行为来……

过教师节，照理该写些吉利喜庆的话祝贺，原谅我写下了这么一段铭记心头多年的往事。我愿意告诉读者，1982 年冬天，我趁回寨之际，又到了庙上小学校。小学校变了样，新盖了砖瓦房，扩修了操场，面貌一新。在小学校任教的老师还告诉我，到了冬天，学生们可以烤上火听课了。这真是令人欣喜的，我请中央电视台的同志，特意摄下了小学校的几个镜头，以作留念。

不过，我还得说实话，在全国人大会上，我省教育界的代表带去了一些数字，这些数字表明，时至今日，偏僻山乡还有一些小学校设备不全，危房的数字也不算小，孩子们冒雨顶漏上课的现象，仍未绝迹，乡村小学教师的待遇，照旧是很低的……

让我们永远记着他们，为他们做点切实有效的事情吧。

茶　思

山乡里产茶。

插队时候的劳动，也就离不开采茶。

采茶都得赶早，天蒙蒙亮，群山、树林、田坝、寨子沉浸在拂晓时分的雾岚中，空气格外的清新，人们挽着提篮、背着背篼、系上围腰，呼群结伙地走出寨子，踏着晨露上坡去采茶了。

大约因为活儿不重，出早工去采茶的，多半是妇女。因而一路走出寨子、走到坡上去的山间小道上，都是清朗朗的笑声，尖声拉气的呼唤，伴合着轻快的山乡小调，还有姑娘们轻捷的脚步声。

到了茶坡上，大伙儿就分散开了，这里两三个，那里四五个，互相望得见，却并不聚在一起。偏远山乡的茶坡，和我们习见的茶林场、茶乡里的景象不一样。所有的茶树都是零零星星无规则地栽在山坡上的。田头、土边有茶树，岩脚、坎下也有茶树，有的茶树傍着竹林，有的茶树长在半山上的悬崖峭壁间，还有的茶树长在高高的山巅上。也有一些有心计的农民，在山坡上开了荒，栽一圈茶树把开出的田土围起来。在田土上干活累了，坐在田埂边歇气时，随手摘一片两片茶叶在嘴里咀嚼着，也是别有一番滋味。

再好的茶叶也是立春以后采的，春季头一场雨之前采的，称为雨前茶，清明节前采的，称为明前茶。雨前茶也好，明前茶也好，无非是要申明这茶叶采得早，春天采得新鲜、采得嫩。尽管山乡里年年都有倒春寒，但终究是春天了，采茶的姑娘媳妇们总没有冬季里穿得多、穿得臃肿。相反她们在采茶时总像要与春天比赛似的，把最好看的花衣裳穿出来。故而一到采茶季节，茶坡上就特别地好看。只见一丛丛、一蓬蓬、一簇簇碧绿生翠的茶树旁边，站着一个两个穿戴得花枝招展的姑娘、媳妇，她们边说边笑边采茶，双手十指飞蝶般灵巧地随着流星一样的目光闪动，把小小的芽尖采摘到自己的提篮、围腰中去。远远地望去，青的山、绿的水、浓翠的山坡上一个个采茶姑娘在随着雾去雾来的晨岚里晃动，那真像一幅画。真的画是静止的，而眼前的画却是随着浪涌峰浮般的雾岚而时时变幻着的，尤其是采茶采到高兴时，只要有一个人带了头，轻轻地哼唱起山歌，那么远远近近的茶坡上，就会受到感染似的，你应我和地唱起来。哦，那行进的波浪般起伏的歌声，比起今天炒得很凶的歌星们的歌声来，完全是另一种滋味、另一番感受。

因为都是从山间云雾采来的茶，这种茶就被少见多怪的城里人起了一个名字，叫云雾茶。

城里人喝到的云雾茶都是好茶，芽尖嫩、茶色鲜、茶汤香，故而云雾茶的名声就特别地好。其实山乡里采下的茶，哪一片不是云雾茶呢。好茶卖到城市去，卖给城市人喝。因而住在城里的人，年年开春之后，就在盼新茶了。讲究些的人家，新茶上得迟些，还像犯了病一样的思念。难怪啊，那新茶泡出来，味道就是不一样。可惜的是，城里人往往只知其一，不知其二。城里人拿来泡茶的水，都是从自来水管里流出的。这水经过了处理，放了漂白粉，实在是给年年上市的新茶打了大大的折扣，把那最好的滋味都败坏了。

在那遥远的乡间，终日劳作的山民们喝的都是淋过雨的茶，或者说是清明过后采下的大叶茶。叶片虽说大一些，看上去也不鲜嫩了，但是用山泉水一泡出来，嗬，你看嘛，茶杯面上一丝儿悬浮的白沫沫都不起，那汤色仍是诱人得很。呷一口，只觉得清香沁人，不愿放下杯子！

山民们时常对我说，我们吃的是粗茶淡饭。有客人来，我们拿豆子推些豆腐招待了。十分尊贵的客人来了，我们才割下一点腊肉来招待。只在逢年过节时，才杀猪宰羊地吃得好一些。城里人呢，平时的饭菜很讲究，吃得十分精致，住的就更不用说。至于茶，那都是斟来喝的。把茶叶看得那么金贵，那当然就该把好茶、嫩茶让给他们喝喽。但是我们的筋骨强壮，我们这里的山里人长寿，活到八九十岁，上坡下山的，他们走起来还健步如飞呢！

况且，况且我们到了秋天还能采茶泡，到了冬初还能采茶果，茶果榨出的油，你瞧吧……

所有这一切，都是好多年前的事了。可是我总觉得，对于经常在那里讨论食品、讨论美食、讨论长寿的城里人，该是有点启迪的吧。

最难忘的旅程

说起来是25年前的事了。

那是1969年难忘的夏天，是我这一辈子最难忘的偏远山乡里的一次旅程。

记得，那回我是进省城贵阳去看牙。连续几个月的农忙劳动，插秧、挑粪、犁田、耙田、铲护田埂、下煤洞挖煤拖煤、上砖窑出砖踩煤巴、开引水沟，所有的活都是重体力劳动，每天收工回到集体户的茅草屋里，吃饭洗脚一类事都不想做了，最大的愿望就是到床上睡觉。和我同一知青点的一位男生，几乎天天一收工，就拿一干净毛巾裹在脚上，倒在床上就睡。如此繁重的劳动，对于我这个头一年下乡的上海青年来说，实在有点儿吃不消。但为了接受再教育，我还是坚持下来了。连续几个月的连轴干，又加上吃得比较简单，牙痛病就犯了。在这之前我从未患过牙痛，头一回尝到这滋味，痛得我连夜连夜地睡不着。晚上睡不好，白天干体力活一点没精神，农民们就会觉得我的劳动态度不好，心里一急，牙痛就更剧烈。在村寨上找了一些偏方来治，毫无效果；去卫生院看医生，卫生院没牙医。拖一段日子，我终于下决心到省城里去看牙。

从开始似乎就注定了这是一次艰难的旅程。动乱的年头，省里面到处都在打派仗。长途客车开往省城的公路边，每走一程就要遇上卡子，查看随身带的证明。车子开进省城三桥时，驾驶员和售票员突然惊慌地大叫："趴下，快趴下！"

话音刚落，"砰砰砰"传来了一阵枪声。一车的人吓得都缩到车窗下面不敢抬头。我长到十八九岁还是第一回听到真正交战中的枪声，可能是年少气盛吧，反而踮起脚跟往窗外望。瞅了一阵，才看清楚是盘踞在相对两座高楼上的"文攻武卫"战士们在对打。

当晚，借宿在省城市郊一座工厂的单身宿舍里，我那位同学的哥哥在这座内迁厂里当工人，他怕我这个外来者在混乱中出什么事情，第二天一清早，给我找了一点止痛药，说：城里都在武斗，商店纷纷闭门谢客，很多单位都不上班了，估计去了医院也看不成牙，还是回到偏僻的乡下安全。他劝我趁早离开这是非之地。我知道他是一番好意，匆匆吃过早点，顾不上进城去看牙，就往厂区开省城的公共汽车站赶。到了车站，才知道因为武斗，所有的公交车都停了。从厂区到城里有十二里路，步行大约一个小时，在乡间已经走惯了，我提着包往城里走去。一路走一路遇到各种各样盘查的卡子，对每一个行人都要查看证明，稍看不上眼就要拳打脚踢。我干脆把证明拿在手里，省了拿出拿进的麻烦。

这么查查走走，两个多小时才进入省城。一进城我就感到气氛骇人，马路两边所有的铺子都关着门，不高的楼层顶上都搭着临时工事，还有人头和黑洞洞的枪管子对着马路上。我小心地绕着七弯八拐的小马路走了约摸四十分钟，终于来到了长途客车站，只见站上大门紧闭，所有的售票窗口全关上了，周围一个人也没有，连可以问个口信的人都找不到。我东张西望地走出一截路，好不容易在一个院子里看到一个老人，进去问他。他对我打量半天，大约认定了我不是坏人，才对我说：客车站成了战场，车子全开出去打派仗了，十天半个月都不可能恢复。我怔住了，在省城除了那个同学的哥哥，我什么人都不认识，可以说是举目无亲。我该如何回到自己插队的那个名叫砂锅寨的小村庄去呢？

“砰砰！”远处的高楼上又在响枪。形势和时间都不允许我细加思索，我整了整提包带子，决定尽快离开省城，走回山乡去。

说走就走，我不敢耽搁时间。前头一二十里路，我走得非常轻松自在。除了出城的时候遇到一个卡子，再没其他人来盘问过我。路过一个叫作沙子哨的镇子（在当地称乡场），我还停下来兴味浓郁地赶了一会儿场，买了点东西吃。走出三四十里路，脚下就感到沉重起来。先是觉得太阳晒得头昏眼花，我把这归罪于昨天一整日的奔波和夜里听枪声没睡好觉，太疲倦了。继而迈步就有些费劲了，直想坐下休息。但我又想起惯于走长路的农民说的，在远行中尽可能不要坐下，一坐下再走更支撑不住。无奈，中午时分的太阳大，在认准走出了四十里路之后，我坐到路边的几棵大树底下休息起来。开头只想休息个十分钟，哪晓得坐下以后就不想动，眼皮也沉重地耷拉下来，干脆躺倒在地上打瞌睡。刚躺下去的五分钟，只觉得浑身舒展，真是一种享受。可合上了眼睛，却又睡不着，想到还有漫长的七十里路在等着我，哪里还能安心睡下去。半个小时之后，我下了最大的决心站起来，继续我的旅程。开头走的那几步绵绵的，有一股头重脚轻之感，坚持走出了几十步，就好受一些了。但我一边走一边怀疑自己，能不能走完余下的七十里路。我开始有些盼望，听到一些声音就环顾张望，巴望着身后会开来一辆汽车，好心的司机会允许我搭车。可我一次一次地失望了。大约因为城里在武斗，没一辆车开出来，我整整走了四五个小时了，身后也没有开来过一辆车子。我已经感觉到自己比上半天明显地放慢了速度，一个小时再不可能走到十里路了。但我仍坚持走着，再不敢坐下休息。这样，拖着两条灌满了铅似的腿，我又走出了三十多里路。这时候已是傍晚的五点来钟，离我插队的寨子还有四十里左右，要在天黑前赶到公社是不可能的了，但我至少可以赶到扎佐。这地方是黔北的重镇，离砂锅寨还有三十里。而这三十里路，是我在这几个月里走过几回的，即使走夜路也不可怕。正这么自我安慰时，一场瓢泼大雨哗然而下，逼得我赶紧跑到路边的一幢茅草屋前去躲雨。这户农家和贵州山乡的大多数农户一样，显然很穷，但主人听我说了遭遇，还是沏了苦丁茶要我喝。当地的农谚：四川的太阳云南的风，贵州落雨当过冬。虽然是夏天，雨一落下来，我还是觉得冷，坐在农家的板凳上，真不想站起来走了。可时间不等人，雨下小了，乌云笼罩山头，天眼看着就黑了。真走回寨子，恐怕要半夜了！正在这么想着的时候，我看到公路上开过去一辆煤车，哦，这是扎佐煤矿的车，省城里在武斗，可乡间的煤矿仍在生产。我连忙放下杯子，向主人道谢了，直接走到公路上，一边慢慢往前走，一边期待着后面还有车子开来。一辆煤车开过去了，我向着车子招手，司机不理我。第二辆还是如此，以后的每一辆几乎都是如此。是啊，他们怎可能晓得我是一个快要走不动了的路人呢！我失望了，慢吞吞地往前走，心里说，管他呢，就这样走罢，总能走到的。就在我已彻底失望的时候，我看到前面路边停着一辆煤车，我惊喜地跑过去，司机正在路边的小铺子里吃面条。我向他道出了自己的原委，并且打听明白他去的正是我插队的久长方向。于是我要求搭车，他向着我把手一挥，就同意了！三十里路，煤车只用了二十分钟。我在久长下车的时候，下着霏霏小雨的天还没全黑呢！我从随身带的包里掏出一只硕大的毛主席像章，送给这个好心的司机。他笑了，向我连连点头。在那个年头，这是我能拿出的最好的礼物了。

这就是我的一段旅程，最难忘的一段经历。朋友，你说呢？

猫跳河的激流

猫跳河是一条让人难忘的河流。

猫跳河畔是我插队落户的地方。

在我很多作品的末尾，都书有一行小字："草于猫跳河畔"或者是"完稿于猫跳河畔"。

我在猫跳河畔偏远蛮荒的乡村里生活了整整十四个年头。我的青春岁月，我艰辛繁重的劳动生涯，我年轻时代的追求、憧憬和向往，我最初在煤油灯光影里写下的那些稿子，甚而至于我的初恋，都是在这里开始的。我的人生之路，正是在猫跳河畔山野的崎岖小路上，一步一步迈出来的。

接到去接受再教育的通知，第一次在地图上看到"猫跳河"三个字，我想象着这一定是条河谷狭窄得一只猫也能耸身跳过去的河流。

谁知真的来到猫跳河畔，我顿时被它那骇人的景象惊呆了。

一条浪涛翻滚、水流湍急的河流，在崇山峻岭间奔突着、冲撞着、喧嚣着往深深的河谷里气势磅礴地急泻着。

河谷两岸，是巍然耸立的高山，是石屏一般的悬崖陡壁，是指天戳云的座座山峰，层层叠叠，连绵无尽；莽莽苍苍，气象万千。

山峰半腰，时有白练悬空一般的泉水垂泻。河谷上空岩鹰拍翅绕着陡崖飞翔。多雨时节，乳白色的蒙纱雾茫茫无垠地漫上来，千姿百态的座座山岭，顿时漂浮于云海之上。恍惚间常常给人一种浪涌峰浮的仙境之感。

大自然的景观如此壮美秀丽，可险恶的山势地形，也时常给猫跳河两岸带来灾难。狂暴的泥石流和肆虐的滑坡，时常造成凶猛的岩崩山塌，吞噬山寨和牲畜。山路的崎岖，关隘的险要，沟壑的纵横，使得猫跳河谷两岸的交通十分不便。村寨上的老乡，自古以来就有“两山喊得应，走拢要半天”的感叹。

偏僻闭塞，穷困落后，又加上匪患猖獗，使得沿河两岸的各族百姓，历朝历代生活在几近赤贫的水深火热之中。我插队那些年里，寨上的老农，时常指着陡岸临空绝崖之下黑黝黝的山洞告诉我，解放前那里是有名的匪窝。几百年来都没剿灭过匪患，是 1950 年解放军清匪反霸，彻底剿灭了匪徒，这才让老百姓过上了安生日子。

我瞅着夹岸高山耸峙的峰巅灌丛顽生、岩石怪异，荆棘丛中的野杜鹃尽显殷红，如火如荼，似有火焰燃烧的景致，极力去想象土匪盘踞在险山恶水之中，是如何为非作歹、鱼肉百姓的。哦，滔滔猫跳河，漫漫长夜中，湍急的河水伴着的是饥饿的啼号，山野的荒凉，尘世的严酷和冷漠，载去的是穷人受尽屈辱的泪水，卷着的是愚昧落后的漩涡。河谷两岸的密林中，常有猛虎出没，在狭窄的河岸深崖之间跳来跃去，伤害百姓。直到这时，我才恍然大悟，原来当地的老百姓，称老虎为“大猫”，“猫跳河，猫跳河”就是由此而得名的。

曾几何时，多情多姿、多灾多难的猫跳河，镶嵌上了六颗闪闪放光的明珠，奔腾急泻的河水被一次又一次拦腰截断，筑坝堵流，建起了六座宝殿般的梯级电站，形成了一个一个波光潋滟的风景区。

正是由于电站的开发建设，我原先的恋人、今天的妻子由一个知青，先是被招工到三级电站当学徒工，以后又去四级电站实习，到六级电站时，她已是个带徒弟的小师傅了。我们最初建立的小小的三口之家，就设在山高谷深的六级电站旁的丛林中。命运使得我们和猫跳河结了缘，故而对猫跳河上的一座座电站，我们也充满了感情。

以红枫岭得名的红枫湖一级电站，开发建设于20世纪50年代，如今已是和黄果树瀑布一样的著名的风景区了。红枫湖兼有西湖的美和漓江的秀，它的湖面坦荡形成难得一见的豪放气派，它那湖中有山、山上有洞、洞里有水的奇趣常令游人一惊三叹。遇到山上杜鹃盛开的时节，辽阔深远的湖水光华闪烁，天净水静的时光，泛舟湖中，如行天上。山上争奇斗妍、光彩迷人的花儿一朵一朵全都映在湖中。夕阳之下，水天更是一片辉煌，使人忍不住想要吟咏王维的诗句：“当时只记入山深，青溪几度到云林。”

60年代开发形成的二级电站百花湖，则像它的美名一般，娟秀幽蓝。一湾湖水展示着山山岭岭之间一片新奇的天地。湖面上白鹤翻飞、野鸭戏水，渔舟剪破微荡的涟漪，桨声伴着动听的渔歌。湖中八仙过海、美女梳妆、仙鹤抢蛋、九龙盘江、炉岭归云的一个个离奇景观，常使来此度假的客人游兴大发，心旷神怡。当年设计建造电站时，看到如此美景，曾设想由一百名女工管理，故而为其命名“百花湖”。

三级河口电站，离我插队的修文县城仅六里山路，翻过高高的山垭口，只见群山环抱着一湖碧水，湖面上轻波微荡，湖岸上葱绿苍翠，浓重的林荫顺着陡峭如削的座座山岭，遮蔽了整片山野。真个是“常年浓翠终年鸟，一湖清水半湖山”。更令人新奇的是，山岭间电站职工的幢幢小楼，全建成尖顶的欧美风格，乍一眼望去，疑是走进了林间别墅。

四级窄巷口电站，四周层峦叠嶂，湖湾无数。每一道湖湾都是一幅别致的风景画，有的闲适恬淡，有的幽雅清冷，有的竹梢垂地，有的山奇树茂春花儿美。亮嗓大吼一声，千百只飞鸟瞬间腾空而起，拍翅绕着湖畔屏风般的山峦飞翔，令人瞠目结舌，啧啧连声。

山路弯弯，河谷深深。五级江林电站坐落在更为幽僻的群山丛中。漫步湖畔，人会不辨此是尘世，还是瑶池。只见一片静谧伴着幽静安宁的湖面，水色湛蓝，波平如镜，空气清新，不染尘埃。湖岸的山坡，层层叠叠，林木葱茏；雾纱随风轻散，野花漫山罩地。岭间古柏长得青翠苍绿，掩映着星散的农家村舍。奇木怪石密布的山巅之上，时有雀鸟的鸣啭，猿猴的啼叫。

六级红岩电站，是我生活最为长久的地方，也是交通最为不便和闭塞的山谷。它坐落于修文和清镇两县交界的轿子山麓隘口上。河谷深处，水声澎湃，雷鸣聩耳；陡崖临空，惊涛拍岸。一座巍然大坝，堵隔奔泻的河水，形成弯弯一池红岩湖，晴日澄碧透亮，像一幅清丽的水粉画；雨天更显娇媚，近岭远山，迷迷蒙蒙，浓淡相宜，层次分明，犹如一卷旨趣高雅的水墨画。

四级窄巷口、五级红林、六级红岩电站，都是我们去插队落户以后，眼看着一座一座建起来的。从50年代到70年代末，六座水力发电站，就像六颗熠熠发光的钻石，镶嵌在猫跳河谷的一个又一个隘口上。变水患为水利，造福于河谷两岸的各族百姓。

路长谷深，鸟道盘旋，在几座电站工作的职工们，常年生活于山高水远的河岸边，远离城镇，远离现代文明相对集中的都市，不免有寂寞、冷落之感，但他们“身在山沟，胸怀世界”，安心在深山老沟里把光明源源不断输送出去。

令人喜悦的是，从 80 年代后期开始，电站已实行自动化管理，原来每座电站需要一百来个职工，自动化后，一百多职工悉数住回省城、近郊，每月只需要二三十名职工轮流值班，就能把整座电站管理得井然有序。更让人高兴的是，去年我重返猫跳河，职工们充满自豪地对我说，猫跳河梯级电站的遥控管理，已经实验成功。在新的世纪来临之际，偏远的电站完全可以实现科学的全封闭遥控操作，再不需要人待在那道路迢迢的电站上值班了。哦，猫跳河，目睹你半个世纪的巨变，远方的我愿意衷心地为你唱一支祝福的歌。

钓鱼山上钓鱼城

独钓中原一小城

城市真的很小，小得仅有2.5平方公里。以现代的眼光来看，她连内地的一座县城都无法比，最多只能算一个小小的乡镇罢了。

但她确实是一座闻名中外、历史悠久的小城。正如陈毅元帅诗词中所抒：钓鱼城何处？遥望一高原。

小小的钓鱼城屹立于重庆合川县境内的钓鱼山上，位于嘉陵江、渠江、涪江的交汇之处，峭崖拔地，突兀地耸立在三江之水的环抱之中。

春夏之交，中国作家西部采风团的一帮文人，是坐着快艇抵达渡口，攀崖涉涧登钓鱼城的。到得山下，只见悬崖耸立，犹如刀削斧劈过的一般。我们伫立的地方，正是巨石垒砌而成的水军码头。岁月悠悠，沧海横流，筑有三层平台、坚如磐石的水军码头，无论三江之水潮涨潮落，都不会受到影响，照样可供船只停靠。

钓鱼城在当地，自古以来就是一个名胜景点，著名的薄刀岭、天泉洞、三龟石、古桂树……附近老百姓给你一一道来，如数家珍。尤其是每年夏初和秋冬季节，三江之地的绵绵细雨，将钓鱼城涂抹在淡淡水墨般的朦胧之中，恰似一幅意境旷远的写意图。而当细雨又和如轻纱似流云般的雾岚交织在一起，浓淡相宜，弥漫四散，实给人以太虚幻境、仙山琼岛之感。

所谓“钓鱼山上钓鱼城，烟雨空濛路不明”，写的就是这样的景致。

如果仅仅只是景色秀丽，风光旖旎，钓鱼城充其量不过是一个小小的景点而已。在祖国的大好河山之间，“上有流云生烟，下有碧水扬波”的人间胜景，不说数不胜数，却也是比比皆是。

钓鱼城的出名，主要原因在于它是我国历史上的英雄名城。

从公元 1243 年至 1279 年，也就是南宋淳祐三年到祥兴二年，整整三十六年时间，四川合川军民在名将余玠、王坚、张珏的率领之下，以钓鱼城仅 2.5 平方公里面积的弹丸之地和独特地形，抗击了蒙古铁骑，前前后后历经二百多次战斗，浴血鏖战，先将蒙古总帅爷汪德臣以漫天飞石击中，死于重庆市郊北碚附近的缙云山缙云寺；继而又将元宪宗桓肃皇帝蒙哥大汗重炮击伤，死于军中。从而使南宋半壁江山得以支撑。

钓鱼城之战，是继历史上的成皋之战、赤壁之战、彝陵之战以后又一以少胜多、以弱制强的著名战役。

故而被人赞为独钓中原一小城。

一边拾级而上，一边听着发生在钓鱼城古代之战的细致介绍，一一浏览着城墙、城门、天梯、武道衙门、军营、天池等等古迹，我们到了山顶。只见灿烂的阳光下，由北而来的嘉陵江，在山北面的渠河咀和东北而来的渠江汇合后，沿着山脚西泻到合川县城，再与西南面的鸭咀和西面而来的涪江汇合，绕经钓鱼山南，滔滔东去，浩浩荡荡地形成一个巨大的钳形江流，俨然似一道不可逾越的天堑。

这道足有二十公里长的天堑，江石峥嵘兀立，水情凶险奔腾。可以想象，当年攻城的蒙军，有多少人葬身于漩涡四起、波涛汹涌的水流之中。

再看山下江岸，沟壑纵横，丘山起伏，蜿蜒鸟道，猿猴难攀。实在是易守难攻的一处险要。

站在这古战场遗址上，抚今追昔，凭吊先烈，自然会生出壮烈英雄之气，为凛然千秋的古人业绩赞叹感慨。所谓“几回夜雨惊波浪，疑是当年起哄声”矣。

谁知，就在这独钓中原的小城遗址上，我们这一帮文人，却为钓鱼城之战的那一幕尾声，起了争执。读者诸君如有兴趣，请读我的下文：《女人 · 祸水或功臣》。

女人 · 祸水或功臣

这个既与钓鱼城之战的结束有关，又惹起争议的女人叫熊耳夫人。像封建社会的很多女子一样，人们只知道她姓宗，称其为宗氏。

宗氏是钓鱼城的最后一位守将王立的义妹。

在钓鱼城名将张珏调任重庆的四川制置使以后，原统制王立升任钓鱼城主将。他按照张珏的布置，严加守备。先后率领军队，四处出击，讨伐邻近各州县已降元朝的守将，攻取果州、青居诸城——收复了遂州全境。公元 1277 年，钓鱼城抗战进入第 34 个年头，元军再次云集钓鱼城下，王立率钓鱼城军民誓死抗战，致使元军不得进壁垒半步，只能隔江望城兴叹。

应该说，到这个时候，王立还是有功的。王立和熊耳夫人宗氏的关系，对外说是义兄义妹，只不过是掩人耳目罢了。其实际情况是关系暧昧，熊耳夫人类似于王立的小妾或是一名非正式的外室。

但这位宗氏绝非一般的小妾或是外室，她还是时任元朝安西王相李德辉的同母异父之妹。

她利用自己的这一双重身份，策动王立投降。1278 年春天，重庆被赵安出卖而破，民族英雄张珏督师巷战，终于不支而走，为元军在后追及，在被执送往京师途中，于今天的陕西西安市赵老庵中，解弓弦自尽。熊耳夫人趁此时机，动摇王立的信心，说钓鱼城经历 35 年的战火，已经伤尽了元气，几辈子老少百姓，把所有的时间精力、财力物力都放在了抗战上。特别是近两年来，合州已连续发生秋旱，钓鱼城粮草无存，火药军械渐少，城中军民，到了易子而食的地步。况且南宋大势已去，跟着其陪葬还有什么意思。

李德辉系异父之兄，宗氏可让他保证降后不伤官兵军民性命云云。

到了公元1279年春天，也就是祥兴二年的正月间，合州安抚使、钓鱼城主将王立，终于被熊耳夫人说动了心，派出儒生杨獬前往成都，向元朝安西王相李德辉献上降书。

至此，钓鱼城军民浴血抗战守城36年的光荣历史，宣告结束。与此同时，陆秀夫、张世杰于广东新会县南的崖山，被元军所败，陆秀夫负幼帝赵昺蹈海而死，南宋政权灭亡。

从那以后，和结束钓鱼城之战密切相关的熊耳夫人，一直是个有争议的人物。大多数人都认为她和王立是叛徒，是民族败类，是祸水！应该遭到唾骂。郭沫若先生题写的诗句中，还将他二人与秦桧夫妇相称，予以痛斥。但也有人觉得这个在历史上留下一笔痕迹的女人，应该得到正确的评价。或者说，她至少算不得罪人。说不上有功，却也无多大的过。她只是根据当时当地的实际情况，提出了一个妥协的方案而已。

这一争论延续了几百年，一直延续到了今天，延续到我们这一拨上山的文人中，同行中一位有名的女诗人愤愤不平地对我道：

“难道她这样做不是为了钓鱼城，为了合州百姓着想？难道非要她当南宋腐朽的小王朝的陪葬品，才称得上是英雄？”

我笑道：“争论由来已久，我们还是看看历史上是怎么回事吧。”

步入忠义祠，一切都记载得明明白白。

钓鱼城之战结束两百多年以后，明朝消灭了元朝，已到了弘治五年，也即公元1492年春天，在朝中当官的合州人王玺，回家乡守孝期间，约了一位同乡、时在贵州当官的陈揆，一起登山，同游钓鱼城。上得山来，他们感念钓鱼城名将王坚、张珏的忠烈，丝毫不亚于在“安史之乱”中坚守睢阳城的唐代将领张巡、许远之下，然而却没有给他们建祠留存后世。甚是遗憾！于是乎，王玺回朝，上奏孝宗皇帝，皇帝恩准，于弘治七年，也就是1494年，初建成王张祠。以后的260多年间，王张祠几经破败，几经修复，直到清王朝乾隆二十四年，又将其修整一新，请进了钓鱼城之战中有功的余玠、王坚、张珏、冉琎、冉璞五个人的牌位。

有趣的事情来了。改名后的忠义祠完工不久，江苏苏州人陈大文当了合州知府，他执意在忠义祠内加进了王立、熊耳夫人甚至李德辉的牌位。当官的说了话，这三个人也就在忠义祠内被供奉了一百多年。陈大文回顾历史，认为这三人，尤其是引人注目的熊耳夫人宗氏，对合州百姓还是有功之臣。

到了清光绪年间的1892年，贵州遵义人华国英任合州知府，在募资兴修忠义祠廊舍以后，又坚决地将这三个人移出了忠义祠。并且怒斥陈大文之举为“不知何心”！申斥王立为叛臣、降人，根本不能享受后人的瞻仰祭祀。

为充分显示自己的观点，华国英还在厅堂楹柱上，正气凛然撰写下一副对联：

持竿以钓中原，二三人尽瘁鞠躬，直拼得蒙哥一命；

把盏而浇故垒，十万众披肝沥胆，竟不图王立之心！

走出忠义祠来，同行的文人们对熊耳夫人的功过是非，又激烈地争论起来，双方各执一词，已到面红耳赤地步。哦，古人对于历史，对于活跃于历史舞台上的人物种种不同的认识和评价，一直延展到了2 000年的今天。看他们争得那么热闹的架势，以后肯定还会争论下去。

我伫立钓鱼城山巅之上，极目远眺，饱览阳光下古城的雄奇和迷人的三江合流之秀色，只见浩浩烟海，万井耕桑，哪里还有当年惨烈的战斗之烽烟？

“山下江流山上城，闲来怀古不胜情。”

悠悠然沧桑岁月中，多少千古风流人物，多少如熊耳夫人般有争议的人物，淹没在钓鱼城扑朔迷离的晨烟暮雨之中。

这仿佛就是历史！

重访砂锅寨

砂锅寨是我插队落户的寨子。

1969年3月31日，我和近千名上海知识青年离开了黄浦江畔，坐了三天两夜的火车，又坐了整整一天的卡车，于4月4日傍晚，走进了这个黔北高原大山褶皱里的小村寨。那天，正下着寒冽的倒春雪，冷到我们的心上去了。

1998年3月31日，整整29年后的今天，我于清晨离开上海的家，坐了两个半小时的飞机，又坐了一个多小时的汽车，于当天下午2时，再次来到了砂锅寨。

离开砂锅寨以后，这不是我第一次回插队落户的山乡。整个80年代，因为在贵阳工作，北去遵义和黔北山区，只要路经这里，我都要下车来走一走、看一看，有两次还带着请老乡抽的烟，在寨上逗留了整整一天。

但是这一次，却是整整隔开了10多年，才又回到这块熟悉的土地上。

是什么促成了我的这一次第二故乡行呢？

说起来也极简单，去冬以来，不断地受到出版社编辑的催逼，约写一些关于上山下乡的稿子，关于插队落户岁月里的故事，关于知识青年的话题。春节过后，白天上班，晚上就在家里处理插队年月里的书信。其实就是我和妻子王淑君当年互相之间的通信。我们在山乡里恋爱了10年，其中七年半的时间，是在两地分居和相思中度过的。相互之间写了很多的信，这些信是我们插队生涯最真实的写照。我心里想，与其煞费苦心绞尽脑汁回忆当年的情景，不如将这些书信整理出来，比搜索枯肠重新写作要真实得多。我把这想法给热情的编辑一说，不料她倍加赞赏，还把我在贵州山水间拍的两张照片，请美术编辑设计了一个别致的封面，在首都的报纸上发表出来，冠名为《旧日的情书》寄给了我。而且，她约了10位知青作家，每人写一本回忆录，组成回忆录丛书，这些人全都交了稿，出了片子，唯独我这一本，没交稿。

于是我就急了，不能因为我一个，拖了其他同行的后腿啊！天天夜里，晚饭过后到12点，我都在拆信、看信，把它们整理归类，复印后重新收藏，读着所有这些往日的书信，青春岁月里的往事，历历在目呈现在眼前，久久地挥之不去。夜半三更，想到第二天要上班，只得放下案头作业，躺到床上去，但是却睡不着。那些个苦涩的日子里的一切即使回味一遍，也是十分辛酸的。妻子几次对我说，别整理了，退稿后再说吧，她仅偶尔读几封信，心头都沉甸甸的，这不是自寻烦恼吗？我心里说，既然开了头，心中再不好受，我也要把它们搞完。再说出版社的编辑三天两头都在打长途问进度呢。

三月下旬，我总算把第一批书信150多封整理出来了。除了雨水浸蚀部分实在难以辨别的，信中涉及的具体人名通通以小李小张小周代替，以避免不必要的麻烦，所有的信，全部保存原貌发表。妻子同是没名的小知青，我们在书信中谈的全是自己的劳动、日常活动、文学追求和对当年人对遇到的形势和大事件的看法，表露的是真实的思想感情，叙述的则是真正的知识青年的心态和情感。

没有虚伪，没有矫饰，更没有当年极为流行风头十足的豪言壮语。

交稿以后，我对介绍我参与这套丛书的作家赵丽宏说，这本书纯粹是文学的副产品。

他却说，你别小瞧了它，也许它会成为你最值得珍视的一本书。

想想也是，稿子寄走了，我的心头涌起一股强烈地想要回砂锅寨去看一看的念头。我们在信中时常提及的树林、山路、草坡、水井、房屋和老乡们，今天变得怎么样了，那些我们天天去劳作的田块、坡土和桦树林、小竹林，还像原来一样么？

这一欲望强烈得使我做不成其他的事，于是我决定了这次重访砂锅寨。

正是三月下旬，读过我一些散文的朋友提醒我，你当年不是3月31日走的吗，真要走，干脆就把票订在3月31日。

从去年起就在编撰我一本摄影册《半世人生》的上海画报社，派了责任编辑陪我前往，说可以补拍几张照片。上海电视台《今日印象》节目组，也毅然决定拍一个《叶辛回“家”》的专题。

重访砂锅寨，就这么成行了。

下了飞机，在贵阳定下住处，吃了午饭，我们就直驱砂锅寨。

车出阳关，就是一条高等级公路——贵遵公路。我们插队的六七十年代，从贵阳坐车到我落户的公社久长，最快也得一个半小时。可今天车子只开了20分钟，车窗外的山野田坝和树林就熟悉起来。这是离久长不远的扎佐林场，郁郁葱葱的苍松翠柏愈加密集了，我小说中写到的森林景致，就是这一片连坡连岭的树木。不过，附近辟出了高尔夫球场，绿茵茵的草坡连接着一片片的油菜花，在明丽的春阳下格外惹眼。

我插队时的久长公社，后来变成了久长乡，今年已是久长镇了。进镇街之前，要过收费站，那两个人一样高的镀金大字：久长，把我吓了一跳。这比沪宁高速的路标更醒目。车拐过十字街头，我认得原先的百货商店、供销社、邮局，依稀还能找到公社的办公室，只是29年前的4月3日雪夜住过一晚的那个茅棚饭店，一点踪影也没有了。

车出久长街，驶上修开公路，颠簸得就厉害起来。这条由修文县城通向开阳县城的公路，还是解放前贵州军阀周西成修的，系沙砾路面。那年头我们从寨子到久长来赶场，就得走这条路。插队落户 10 年又七个月，我在这条路上不知走了多少个来回：顶着烈日，下着暴雨，冰凌满地，飘飞雪花，落着绵绵细雨，老阴天……各种各样条件下，每一截要走多长时间，我都能计算出来。

车在沙砾路上行了五里地，从变电站旁边，拐进了一条小石块和石子铺就的马车道。驶上这条路，小车就像船一样在海洋里摇晃，晃了 20 分钟，还没走上三里路。

车窗外是沙雁二队低洼的田坝，偌大的一块水洼地，一下大雨就淹。1973 年，大雨落了三天三夜，终于引得山洪暴发，大水冲垮了田坝墙，蜂拥进老百姓的泥墙茅屋。在沙雁二队落户的上海知青小管，听到床头水响，拧亮电筒一看，吓得惊叫出声，随手抓起床头一条裤子跳出窗户往山上跑，刚跑出十几步，整幢泥屋就在水声中垮了。看看草顶在大水中漂浮，天空中雷声隆隆，火闪阵阵，她欲哭无声。这一情节，后来被我写进《蹉跎岁月》杜见春的遭遇里，不知引来多少知青作者写信给我，叙述他们插队时相同的境遇。可见当年多少知青，有过相同的不堪回首的经历。

我等不及车子慢吞吞摇进砂锅寨去，下了车子，步行往寨子直冲。

过了垭口，风大起来，门前坝大田里一片金黄色的油菜花儿，开得真艳，风声里夹杂着浓烈的油菜花的香气。这又是我熟悉的一派景象，胡豆熟了，麦子黄了，春耕大忙季节又将来临。我的两眼紧紧地盯着面前的小山巅上，那里的小学校怎么不见了呢？走近了去看，哦，原来坐落在山巅上的耕读小学，已经迁移下来，重新修在门前坝的大土中间。这块大土，当年不正是生产队专门拨给我们六个上海知青的自留地吗？用城市的目光看，小学校显然仍是简陋的；可用历史的眼光去看，今天的小学校比当年我教书时山巅上的教室，不知好了多少倍！

在乡亲们热情的招呼下，我和他们一起，沿着小石桥走进了砂锅寨。

砂锅寨变了，砖瓦房多了，泥墙茅草屋找不到了，连集体生产时进不了的大院坝里，也都建起了两层楼的房子。寨门口老少乡亲们刷洗裤袜鞋子的堰塘水，被抽干了。堰塘坎上的五棵大柳树，连根拔除了！我惊问，大柳树呢？乡亲答：树根里出了虫子，只得忍痛砍了。现在正想方设法铺自来水管，把清澈的山泉水引进寨子。

砂锅寨又没变，寨路还是这几条寨路，一家一户的小院坝，除了比当年陈旧一点，可以说面貌依旧。连一张张熟悉的脸庞，尽管添加了皱纹，我都还喊得出名字。我在寨子上居住过的泥墙茅屋，连屋基都难以辨识了。大水冲毁了茅草屋之后，我曾经栖身的土地庙还坐落在那里，我借住过的老乡家的二层小阁楼，模样儿一点没变，连那些楼廊上的栏杆，也还搭着娃娃的尿片，仿佛我昨天刚刚离开一般。年近八旬的老房东当年常对我说：坡是主人人是客。对于砂锅寨，对于砂锅寨周围的山山水水，我现在真正地成了一位客人。对于历史，对于大自然，我们这些匆匆活过一回的男女老幼，芸芸众生，不也是一个客人嘛！

摄影记者在“啪嗒啪嗒”地照相，他仿佛对寨子上的一切都感觉有浓郁的兴趣。电视台记者在采访，在挑选镜头，他们问老人，也问娃崽，他们还把镜头对准寨子外面的树林田野。我站在一边，心潮翻滚地面对着越涌越多的乡亲们，机械地回答着他们的问候。我想对他们说，30 年了，30 年前的一切，恍如眼前，历历在目。30 年后的今天，我特意挑了这么个日子，又来了。我是来了却时常悬在胸口的心债的，我是来又一次回味逝去了的青春的。我还想告诉所有的人，下过乡的知青和不曾下过乡的年轻一代，岁月不是空白的。

砂锅寨是我插队落户的寨子。我的青春，我的艰辛繁重的劳动生活，我那漫长的知青生涯，包括我的憧憬、我的追求，甚至于我的爱情，都是从这里开始的，都是从偏僻山乡的崎岖小路上一步一步迈出去的。

这就是我重访砂锅寨的意义。

陈圆圆归隐之谜

事情的缘起

如果仅仅为了吸引人，我会把题目写成《陈圆圆死亡之谜》。但是，作为一代名女，绝代名妓，陈圆圆最终的归宿，不仅仅只是她的死亡。时至今日，她死在何处，她的坟墓在哪里，要么语焉不详，要么记载含糊，对于世人始终仍是一个谜。

事情得从 20 世纪 80 年代初期说起，那时候，我刚从插队落户十多年的乡间调进贵阳，住在黔灵山麓的石板坡。那里离省政府很近。有一天晚上，省政府一位多年从事信访工作的老宋到我家来，兴冲冲地说要给我讲一件大事。

那个时候我已有一点名声，经常碰到一些受了冤屈的人找到省作家协会，向我申诉冤情。我仅仅只是一个作家，初进省城，人生地不熟，然而看到那些遭受冤屈的人的目光，我又不忍心不管，于是就把这些人留下的材料，转给省政府的信访接待处。我就是这么和老宋相识的，处理过几件事，我对他的人品相当信任，渐渐地就成了忘年交。这天晚上他来到我家，我料想他又是来和我谈有关案情的。哪晓得刚一入座，喝了一口水，他劈头就对我说："你晓得吗？陈圆圆的坟，在我们贵州岑巩县水尾镇乡间发现了！"

看到他喜滋滋的神情，不由得引起我一阵好奇。在上海读书时，我曾听说陈圆圆就是苏州附近的昆山人，她葬在苏州。下乡劳动时，又听说陈圆圆死后葬在松江，苏州和松江，离得较近，还说得过去。现在怎么一跳就跳个几千里，陈圆圆的坟会在贵州岑巩发现。岑巩地处贵州、湖南交界的山水间，那么偏远，她，一个人们广泛谈论的人物，怎会葬在岑巩乡下？

老宋按捺不住兴奋地对我说："是真的。就在马家寨发现的。有墓碑，是她的十一世孙吴永鹏，十二世孙吴能江亲口说出来的。"一代一代口传秘授家史、族史的事，在中国闭塞的乡间农村是常有的事。我在插队期间就听说，贵州一些偏僻地方的寨子上，很多村民自傲而神气地宣称，自己这一支是远征西南的明朝"傅大将军"傅友德的后代，是沐国公沐英的后代。还时常被知识青年们讥诮：穷得这个样子，还自称是皇亲国戚呢！

见我一脸不信任的神情，老宋又说："是真的呢！你看着吧，有关文章，陆陆续续都要发表出来，我也写了一篇呢！"

话果然被他说中了，此后的 1984 年、1985 年，国内很多报刊，登载了这一“发现”的消息。引得史学界议论纷纷，争执不休。事关贵州，我一边颇有兴味读着这些文章，一边也不由得回想起和陈圆圆这个名字有关的一些往事。

天台山的传说

说真的，听说陈圆圆这个历史上的名女人，和贵州那一片遥远的乡土还有关系，是在我插队落户初期，现在算起来有三十多年了。

从我插队落户的修文县到地区级城市安顺去，要路过平坝县。在平坝县城 13 公里处，滇黔公路的南侧，有一处号称“黔南第一山”的著名景点天台山。天台山的峰巅古寺，建得极富特色，老远的地方望去，那依山贴壁，错落参差的垒石建筑，和周围山乡里村寨上的景色，截然不同，给人一种突兀地耸立在云空之中的感觉。每次路过，非同寻常的景观总是吸引着我们这些初初来到这块土地上的知青，极想爬上去看看。特别是走到山脚下，三棵至少需三个人方能合抱的参天银杏屹立在道旁。昂首望去，只见山上古松倒挂，石壁崭截，蔓藤牵附，还有极具诱惑力的摩崖石刻“大观在上”四个大字，令我们男女知青们见了就跃跃欲试。特别是有一回，一个脚快的男知青眼尖，发现浓荫之中，竟然还有一条蜿蜒的石级山道，随着他一声欢呼，我们就不顾一切地沿着山道跑上去了。

走到半山，遇到一位老农，他赞许地对我们笑着说："上头好看得很，看细致些，特别是不要漏看陈圆圆洗澡的地方。"

乡间农民，话是说得直率一些，却惊得我们这帮小青年直眨眼睛。什么，陈圆圆这个历史人物，怎么会到这近乎荒坡野岭的山巅上去沐浴？

上到山巅，只见古寺院落的主体梁架粗壮高大，气势颇显宏伟。其山墙石壁，多用当地山石堆砌，屋面亦用当地盛产的岩板覆盖，冬暖夏凉。古寺顺着山势巧建各种亭台楼阁几十间，一间间看去，竟是层次分明，结构严谨，上下层迭，构思奇巧。有的飘出崖沿，荡于轻风烟霭之中，宛若鹫岭高骞，蜃楼飞架，蔚为大观。山中各处都有历代诗碑题刻，我当时抄下一首自认为是最妙的对联："云化天出天然奇峰天生就，月照台前台中胜景台上观。"天台两个字，三次巧对在联中。虽是文化大革命时期，看山人还是给我们介绍，吴三桂去云南途中，曾在此住过几宿，并留下他的远房叔叔镇守此山，还留下了三件宝：清代官服、象牙朝笏和宝剑。本来还有一把吴三桂打仗用过的大刀，"文革"开始时，被山下的铁匠铺子化成铁水，打成镰刀、锄头了。看山人还郑重其事把我们带到内室后面一个类似地下室的房间，虔诚地说，随吴三桂去云南的美女陈圆圆，就在这间屋里洗澡。

环望四壁，岩板镶得严丝密缝，棱角分明，恰像一个现代的浴室。大家便觉得，这也是可能的事情。

走上古寺望月台远眺，只见四面群山环抱，林木葱茏，如朝如拜之姿，美不胜收。让人顿有心旷神怡之感。

如今传出陈圆圆的坟墓在贵州发现，我心里说，跟着吴三桂走遍云贵高原的陈圆圆死后葬在贵州的山林里，那也不是没有可能的。数次途经贵州时，贵州神奇的大自然风光，一定也曾给这位多愁善感的美女，留下过深刻的印象吧。

陈圆圆其人

陈圆圆之所以成为绝代名妓，她的名声之所以高出历朝历代的女子，以至在批臭批倒一切“封、资、修”糟粕的“文化大革命”中，农民们一跟我们这帮小青年提及这个人，无须多问，大家都晓得她是何许人也，是有其特殊原因的。

陈圆圆的出名，是和明末清初的一段历史有关系，是和明末清初的诗人吴伟业所写的《圆圆曲》有关系。

从历史来说，陈圆圆原姓邢。因家贫无以为生，遂跟养母改姓陈，名沅，字畹芬。生于明天启三年(1623 年)，18 岁时，“声甲天下之声，色甲天下之色”，精于舞乐，且能诗会画，倾倒了无数江南风流名士。不少戏文说她和如皋才子冒辟疆有一段情史，想必是从她这段经历演绎而出。随后她被为穷途末路中的崇祯皇帝选美的周奎买走，送给皇上。皇上因国事日危，未予接纳，遣还周府。时吴三桂奉命出征山海关，周奎设宴为吴三桂送行。席间吴三桂为陈圆圆美色所倾倒，陈圆圆也为吴三桂英名所动心，两人遂成姻缘。吴三桂出征山海关，陈圆圆住在吴三桂父亲吴襄府中。不多久，李自成兵破北京城，崇祯皇帝在煤山自缢，明朝覆亡，陈圆圆为李自成大将刘宗敏俘虏。吴三桂惊闻陈圆圆被掳去，大怒，遂引清兵入关，从而导致李自成败亡和大清帝国的建立。这一段历史，明史、清史稿及甲申传信录都有记载。

从文学的角度来说，明末清初的诗人吴伟业在《圆圆曲》中，一句流传千古的名诗“冲冠一怒为红颜”，则一下子使得陈圆圆异军突起于同时代的董小宛、李香君、柳如是、寇白门、莴嫩娘、红娘子等辈，也一下子使得陈圆圆不同于历朝历代的风情才女薛涛、班超、苏翠、李清照等人物。

吴伟业所创作的《圆圆曲》，总共七十四句。后人记得起背得出来的，往往是《圆圆曲》的前四句：

鼎湖当日弃人间，破敌收京下玉关。
恸哭六军俱缟素，冲冠一怒为红颜。

而更为人们传颂并所知的，就是“冲冠一怒为红颜”七个字。围绕着这七个字，三百多年岁月中，不知多少文人墨客，写了名为《圆圆传》、《后圆圆曲》等文章和不计其数的戏文。就是到了当代，逛逛市店，也能找到不同作家所写、不同出版社出版的多部长篇传记小说《陈圆圆传》。尽管严谨的史学家对此提出异议，认为一个女子，无论她长得如何娇艳绝世，在她被夺之后，居然会引起几十万大军的拼死作战，决定一个国家和朝廷的命运，决定几千万人的命运，实在是件不可能的事。但是，千古名句，道尽明亡清替时期社会大动荡中的一桩公案还会流传下去。陈圆圆的故事，还会被一代一代的人们传下去。由此，也不能不令人惊叹文学所具有的影响。

难怪陈圆圆的经历吸引人，作为一个美艳动人的女子，她见识过江南的风流名士，见识过大臣和皇帝，还见识过李自成、吴三桂等人。跌宕的生涯使得她的身世格外诱人。当她追随吴三桂之后，应该说也曾过上了一段安定享受的日子。吴三桂反清、称王、病逝的命运，造成了与吴三桂关系极为密切的陈圆圆死亡之谜，那么，陈圆圆是怎么死的呢？她死以后，又葬在何处呢？

死亡之谜

陈圆圆是怎么死的，从来就没一个准确的说法。

我手头搜集的几本陈圆圆传记小说，说法就大不一样。

有的说她察觉了年迈的吴三桂又生反叛清廷之心以后，料定他必败无疑。于是劝告不成，就跑到峨眉山去出家。《后圆圆曲》说，陈圆圆是在吴三桂病死之后，投身莲花池自尽的。说她投水而死的版本较多，我几次去金殿游览，几次都有不同的昆明人指点着池水告诉我，这是陈圆圆投水处，也有的说她是在商山寺附近投水而死。

写过长篇小说《李自成》的老作家姚雪垠则说：陈圆圆早早地死于宁远，其他一切都是后人编造的。他这说法一出，顿时遭到一片反对之声。一谓正史记载陈圆圆已被李自成等俘虏，她怎会在宁远。二谓和陈圆圆同时代的诗人吴伟业又写道："若非壮士全师胜，争得蛾眉匹马还。蛾眉马上传呼进，云鬟不整惊魂定。蜡炬迎来在战场，啼妆满面残红印。专征箫鼓向秦川，金牛道上车千乘。斜谷云深起画楼，散关月落开妆镜。传来消息满江乡，乌桕红经十度霜。"这些诗句叙述了吴三桂从1644年复得圆圆，到1656年征讨川陕，1658年率军入滇，陈圆圆都是随身不离的情况。吴伟业比陈圆圆早死三年，如若陈圆圆死在他之前，他绝不可能特意为已死去的人编上这么一段身世。

另有一说，也颇有故事性。康熙十二年（1673年）吴三桂认为自己羽翼已丰，起了另立国号当皇帝之心，特把已出家的陈圆圆请进府打招呼。陈圆圆闻讯大惊，趁难得进官府之际想最后一劝，不料吴三桂仍不纳忠言，陈圆圆只得长叹一声悄然退去。不料吴三桂的反清计划被身边的满族王妃得知，派人密奏北京。清廷立即下撤藩之旨，召吴入京。吴三桂明知事已泄漏，遂自己称帝，挺进湖南，在衡阳建帝都，立国号为周。陈圆圆闻讯，喟然长叹，在一个风雨之夜服毒自尽。

除此之外，还有关于陈圆圆因吴三桂不听她劝，绝食而死说；昆明城被清军攻破后上吊自尽说，版本很多。我想，就如同国内关于西施是何处人、诸葛亮的卧龙岗在哪里、李白捉月处有好几个地方一样，这些传言，不过也是后人的猜测加想象罢了。倒是不少稗官笔记中的十个字，说的比较实在："滇南破，邢（指陈圆圆）出走，不知所终。"当代昆明的好几个文人，认为这种可能性很大。

20 世纪 80 年代初期，我去昆明开会，就曾听说：陈圆圆是聪明人，察觉吴三桂的反心之后，便在城周围建了十余座尼姑庵，现存的妙法庵、白衣庵、金莲庵、紫衣庵都是当年她让建的。建成之后，陈圆圆挑选貌美又和自己相像的女子，入庵当住持。她自己呢，今天到这里，明天去那里，久而久之，每个尼姑庵都说陈圆圆住在她们那里，但谁也弄不清，谁是真正的陈圆圆。

这一传说，至今仍在昆明城里流传。不知为什么，看了多本描绘陈圆圆的诗书，我心里也觉得，像她这种性格的女子，这一说法是有一定可能性的。

何处埋艳骨

正因为陈圆圆是怎么死的，至今没有搞清楚，所以陈圆圆死后究竟葬在何处，一直也是个谜。

其实和陈圆圆这个名字联在一起的，还有好多谜。比如关于她出生于哪一年，就有从 1621 年到 1627 年多种说法；比如陈圆圆出家，究竟是当了尼姑还是做了道士，也是众说不一；比如选陈圆圆进北京城的外戚，到底是周后家的周奎，还是田妃家的田畹（田宏遇），也是各种人按照自己的理解下结论，各说各的一套，各编各的戏文和故事。

故而，多少年来，陈圆圆死后艳骨葬于何处，同样也有多个版本。

一个版本说葬于四川的峨眉山。峨眉山确是一座名山，陈圆圆也曾去过，可山上根本没有陈圆圆的墓。

另一个版本说陈圆圆死后叶落归根，葬在她的故乡江苏武进市。只是在武进，人们发现只有后世人为她建造的圆圆庵，也不见有墓。顺便说一句，关于她的出生地，曾经提及她出生于昆山、苏州、常州说，其实皆因苏州、昆山离常州较近造成的错觉。而今天的武进市，过去的武进县，就紧挨着常州市郊。改革开放以后，武进撤县建市，市区和常州市连在一起，分不清了。故而，现在基本认定陈圆圆系常州武进奔牛里人。简称常州人，是不会错的。家乡人说陈圆圆的墓在他们那里，情有可原，可惜也不是真的。

第三个版本就是我小时候听说的，陈圆圆葬于松江。很多人觉得松江就是上海的一个县（区），笼而统之地说成上海。我还读过一个陈圆圆传记，说陈圆圆在戏班学艺初成时，曾被抢到上海华山路总兵家中云云……那简直就是胡言乱语了。要知道，17 世纪的上海，除了老城厢里设有县衙，哪来的华山路上海总兵府。

陈圆圆葬地传得最多的一个版本，是葬于春城昆明。说得有鼻子有眼的地方，也有三处：其一在商山寺旁。其二在昙花庵侧的归化寺后面。1937 年 6 月 10 日，美国女作家温赛德到昆明考察，看到归化寺一处寂静的荒丘后，认定是陈圆圆的真墓，感慨万千，欣喜至极，当即捐款重修，也增加归化寺说的传播色彩。其三就是昆明人说得很多的莲花池畔。今天的莲花池（在云南民族学院内）有陈圆圆的衣冠冢。但衣冠冢终归只是衣冠冢，它寄托了人们良好追念的愿望，仍不是真正的墓地。由于史料的缺失和没有陈圆圆的墓葬的文字记载，中外文史工作者长期来为探寻这位一代尤物的踪迹和魂归之处，作了许许多多努力，其结果仍是“茫茫一片都不见”，陈圆圆似流星一般消失在历史的烟尘中，成了一个难解之谜。

正是因为以上众说纷纭，莫衷一是的情形持续了相当久，始终没个定论，所以当 80 年代初传出陈圆圆的墓址在贵州省岑巩县水尾镇马家寨被发现，马上就引起了关注和轰动。先是在当地议论，继而传到省城贵阳，又由贵阳通过媒体传到全国，引得国内外不少专家学者、作家教授、文人雅士们纷纷顾不得路途的遥远，都往岑巩跑。

那么，这件事的真相究竟如何呢？

魂归之地

岑巩县位于贵州东部，属黔东南苗族侗族自治州的东北角。地处武陵山苗岭山余脉向湘西丘陵的过渡地带。风光绮丽的龙鳌河由西北向东南横穿而过。

这条又名蓝岩河的流水，全长八十多里。由龙鳌河隘门逆流而上，只见两岸峭壁高悬，玉泉飞瀑到处可见。一路之上，形成了山青、石奇、水飞的景观，还可一一观赏到悬棺葬穴、绝壁古屯、勒城相花、茂马飞水的风光；顺流而下呢，更可以见到仙人守隘、龙鳌飞水、钟乳壁楼、蜂洞瀑布、碧岸翠竹等景点。特别是龙鳌飞水，气势磅礴，从高五十米处巨大的涌口飞流而下，随四季水大水小，景色变化无穷。春夏洪水之际，瀑布如银龙出洞，鳞波闪烁，啸声震天，令人惊心动魄。谓为龙鳌河奇观。

龙鳌河两岸滋润的山水田土，世称龙鳌里。龙鳌里有座狮子山，狮子山对面有一个寨子，叫做马家寨。相传就是陈圆圆当年避难创建的寨子。狮子山是马家寨的坟山，寨邻乡亲们也叫风水山。80 年代初期，陈圆圆的墓就在狮子山上被发现。

其实，说陈圆圆的墓在狮子山上，是早在“文化大革命”时的 60 年代。县委宣传部一位干部被打成“走资派”下放到马家寨，和寨邻乡亲们朝夕相处，引为知己，听说了这一隐情。当时将信将疑，把狮子山上一大堆坟前的墓碑看了一遍，也没见陈圆圆的墓碑。

直至1983年，这个干部又约上一位文化干部专访马家寨，费了很多工夫，见到了第十一、十二代传人吴永鹏、吴能江。他们才慢慢吐露隐情：陈圆圆死后葬在马家寨对门狮子山，但马家寨上，吴氏家族历朝历代都守口如瓶。只因吴三桂反清被剿灭之后，清廷对吴三桂满门抄斩，诛灭九族。即使到了乾隆年间，听说贵州古州传有吴三桂的后代，清廷仍然派兵去搜剿，不分青红皂白，真伪曲直，到了古州格杀勿论。正是基于这种恐惧，当时陈圆圆和吴三桂的另一儿子吴启华及三个孙子，带了一些贴身心腹和随从，悄然隐身到龙鳌里，死后葬在狮子山上。

这一事实，马家寨吴氏也不是尽人皆知，而是每代只传一两个人。至今传到第十二代。口授秘传，虽说古已有之，说得头头是道，有根有据，毕竟空口无凭。一再动员之下，吴氏后人把人们带到寨西绣球凸他们称之为“始祖陈老太婆墓”前。并说，见了墓碑，也须经他们解释才能明白。

可是除了一堆坟土，墓前什么也没有，正在众人诧异之际。吴氏后人就在墓前掘出一块深埋在地下二百多年的墓碑。

终究深埋在地下二百多年了，原碑已有漫漶，但是雕凿的字迹仍清晰可辨：

故先妣吴门聂氏之墓位席

右边刻着子孙姓名：

孝男吴启华　媳涂氏　孝孙男仕杰　杨氏
曾孙大经、大纯　孝玄孙朝达　朝选

这是怎么回事？口口声声说的陈老太婆陈圆圆之墓，怎么变成了吴门聂氏之墓，又是什么位席？

好好的一块墓碑，不立在坟前，而深埋在土里，和吴家坟山周围的一百七八十座墓浑然不同，这一反常现象本身，就令人感觉奇怪。

而好不容易将墓碑挖出来了，碑上刻的又不是陈圆圆，而是吴门聂氏。

尤其是这个“聂”字相当怪。聶的简体字写成“聂”。而二百几十年前，根本还没简体字这一说法，又作何解？

马家寨的后人是这么说的，这正是吴家口传秘授的要点之一。在清廷追杀吴氏家人的恐怖中，碑刻好以后还是怕有人会破解，故而埋于地下。贵州山乡的碑石凿刻了字迹，深埋地下也不会浸蚀，这是我在插队期间就知道的常识。上个月贵州遵义为纪念沙滩文化，让我写了一副对联。将对联刻凿到厚实的青岗石上去的石匠告诉我：“今天盖起的砖木结构的房子，只能管到一二百年，就要坍塌破损。但刻到石碑上头的字，三五百年都不会变。”二百几十年前“聂”字并没简化，不能把那时的“聂”当成“聶”姓来解，只能作双耳解。陈圆圆本姓邢，后因家贫跟了养母改姓陈，二姓都有耳朵旁，故曰：双耳。至于聂氏之前的“吴门”二字，既点明了陈圆圆嫁与吴氏家族，又说明了陈圆圆来自苏州，成名于苏州。很多文章说陈圆圆是苏州人，皆是因为这一原因。恰恰就把她原出生地常州忽略了。也有一种说法，在古时关山阻隔交通不便的西南山区的人们看来，江南苏锡常一带，古来就有东吴一说。是苏州也好，武进也好，常州也好，统称吴门没错。至于墓碑上最后出现“位席”二字，实为罕见。不但吴家坟山的其他碑上没有这种称呼，就是贵州其他地方的坟山古碑，也没这一写法。岑巩当地文人认为，这“位席”指的是正妃之意；这种解释马上遭到人质疑，说陈圆圆只是吴三桂的一个妾，从未做过正宫娘娘。贵州省里的学者认为，这位席二字，无非是表示其地位尊崇而已，并非专门指名就是皇后。我倒觉得，吴三桂虽有妻妾无数，但后世的人们记得住名字的，只有陈圆圆一个。于吴三桂死后五十年刻下这块墓碑的吴氏后人，把陈圆圆视为吴三桂的妻，也属情理之中。

在陈圆圆墓旁的狮子山吴家坟场，还有两座墓，也是秘授的重要内容之一。一座墓是吴三桂之子吴启华之墓，刻的是“清故二世祖考吴公讳启华老大人之墓”。另一座是“清故上寿先考明公号公玉老大人之墓”。这是保护陈圆圆和吴启华等到龙鳌里来隐居的吴三桂手下大将马宝墓。说的似铁板上的钉钉，实打实，像真的一样。

不料这一说法，于 1984 年公之于众后，顿时遭来一连串的反驳。理由是，史料明记，吴三桂的儿子是吴应熊、吴应麒，属“应”字辈。哪来的“启”字辈。吴三桂的大将马宝，在清军攻破昆明时投降，后给献俘押至北京被杀。皇室及史籍中均有记载，他怎么可能护送陈圆圆来到龙鳌里？

这究竟是怎么回事呢？

种种疑惑

俗话说：真理越辩越明。

而历史上扑朔迷离的很多现象，时常如迷雾重重，有时会越说越不清楚。

一代枭雄吴三桂娶了妻妾无数，共有几个儿子，史料没有详细地一一记载。但史书上有记录的，确有吴应熊、吴应麒两位。马家寨吴氏后人明确地说，吴应麒就是吴启华。

关于吴应熊的记载，最为清晰详尽。吴三桂因擒杀南明永历皇帝，将其赶出云贵，逃往缅甸，一举平定了西南，立下大功，被清廷封为平西王，奉命永镇云南，兼辖贵州。由于他兵精将壮，实力雄厚，威震朝廷，为清廷所忌。于是多尔衮为媒，将皇太极的女儿和硕公主下嫁吴三桂儿子吴应熊，封他为“和硕额驸”，加少保兼太子太保衔。头衔是不少，不过必须长留在北京，实际是作为人质，挟制吴三桂。反清前夕，吴三桂曾派密使到京，准备接回儿子。不料吴应熊不肯回昆明，并把康熙将提前削藩之策通告吴三桂，还让使者将大儿子吴世璠秘密带出京。故而吴应熊和次子吴世璠均被康熙谋杀。史书记得明明白白。

吴三桂的另一儿子吴应麒，也是知名人物。吴三桂在世时，吴应麒率马宝等将领转战贵州、广西、湖南、四川。吴三桂死后，吴应麒随继位的侄子吴世璠退守昆明。7月盛夏回到昆明之后，《东华录》、《清史稿》等史籍上再没有关于吴应麒的记录。这就有了疑问，清廷关于吴氏家族斩尽杀绝的圣旨，通令全国。吴氏家族中有头有脸的人物的结局，一一都有记录交代。唯吴应麒就此消失踪迹。

马家寨人对此解释说，吴应麒在历史上消失时，正是他化名吴启华入思州龙鳌里隐居的时间。吴氏家族自知大势已去，唯恐兵败后遭受灭门之灾，为保佑吴氏一脉香火，吴应麒改换名字，带上侄子，和陈圆圆一起，潜身于比云南更为偏僻闭塞的龙鳌里来避难求生。

这就是为什么吴三桂的儿子不是“应”字辈而是“启”字辈的原因。有意思的是，吴三桂的孙子辈该是“世”字辈，吴启华的儿子则是吴仕杰、吴仕龙。古往今来，中国的汉语同音字拿来改换名字的，实在太多了。吴氏族人为避人耳目故意把辈分上的字改掉，也是情理之中的事。

可以作为佐证的一个有趣的证据，在吴启华和马宝的墓碑上，分别还清晰地刻了两句墓联，吴启华碑上刻的是：“隐姓于斯上承一代统绪，藏身在此下衍百年箕裘。”马宝墓碑上刻的是：“重垒土茔人祖即己祖，复修石台若翁如我翁。”我们可以用一个反问句：毫无名声可言的吴启华、吴仕杰、吴仕龙之流，有什么必要隐姓埋名地入葬呢？

正因为要躲避杀身之祸，才需要“隐姓于斯”，“藏身在此”。

今日吴姓聚居的马家寨，距岑巩县城61公里，离开另一县城玉屏24公里。已有公路可通汽车。而三百多年前的马家寨，还是龙鳌里区域内的一片原始山林，山雄水秀，颇显气势。吴氏后人说，之所以选中这么一块地方来隐居，主要有这么几个考虑。其一，1673年，吴三桂带兵北上，路过镇远时，思州知府李敷治前往迎接，杀猪宰羊犒劳官兵，是吴三桂的拥护者和支持者。其二，谓古思州庵堂寺庙多，全国最著名的四大寺院，思州就占了两处：鳌山寺，天庵寺。躲藏在此，便于隐身。其三，这一片山水土地是古苗夷之地，可避开尘世间的是非，相对安宁平静。其四，水陆交通通畅，信息来得快，万一有个风吹草动，躲避起来，行动方便。其五，环境优美，草丰水秀，树林繁茂，适宜于吴氏家族的繁衍生息。经过多少年的开垦和耕耘，一栋栋迥然不同于当地农户的砖木结构的青瓦房，错落有致地出现在山谷里，一栋栋建筑疏密适宜，既有吴氏宗祠，又有牌坊。更让人不解的是，起名马家寨，而三百多年来，全寨没有一个姓马的，155 户人家，除一户之外，全为吴姓。

老宋找过我不久，关于陈圆圆葬在马家寨的文字，果然一篇一篇发表出来，在 1984、1985 年两年里形成高潮。文章刚一发表，就引起了激烈的争论，对此表现出强烈兴趣者有之，不屑者有之，反对者也大有人在。

不屑者和反对者的主要论点，有这么几点。

第一，历史上有无陈圆圆这个人，都是一个谜。姑苏歌妓陈沅，不见得就是陈圆圆。

第二，说“冲冠一怒为红颜”，只不过是封建文人们最喜欢弹的“女祸”滥调的反映，是文人们下流意识的反映，一会儿说陈圆圆和江南名士们眉来眼去地调情，一会儿说她和冒辟疆有恋情，一会儿说她被周奎（田畹）所占，一会儿又说她屈服于刘宗敏的淫威，甚至于说她投入李自成的怀抱，还和崇祯皇帝睡过觉……编织一套又一套的情史、艳史，无非是一个结论：“红颜祸水。”

第三，这件事正如各地在争李白墓地、西施故里、诸葛亮卧龙岗的真迹在哪里一样，其实都是今人从现实利益出发，或为开发旅游故意引出“名人争夺战”的无聊之举，没多大意思。

笔墨官司打得热闹，争得热烈，几年时间里，也没一个确切的定论。但是，洋洋洒洒的文章四处发表，倒吸引了另外一拨人的注意。

1989 年，消息传到我生活的省城贵阳，马家寨狮子山上“吴门聂氏墓”被盗。事发之后，震惊的人们只看到一具女性骨骼，36 颗牙齿完好无损，排列得均匀细密，棺木朽失，里面的随葬品被劫取一空。人们闻听之际，连叹遗憾，瞠目结舌。还有人自作聪明地说，我们为什么只顾在那里争论不休，早知要被盗，还不如用科学的方法开棺验尸哩。

马上有人说：正常的开棺验尸，是绝对不可能的。因为今天生活在马家寨的所有老少乡亲，都自称是陈圆圆的子孙。有谁敢去触犯众怒，挖他们这么多人的祖坟？

悠悠龙鳌河

坏事似乎也能变成好事。“吴门聂氏墓”被盗，使得考古工作者们失去了考证墓主究竟是谁的物证，但墓里埋着的，却实实在在是一具女尸，那是不容置疑的。同样，这具女尸就是立碑的吴启华之母，也是没有疑问的。

那么，她是不是陈圆圆呢？

马家寨的吴氏后人们，一口咬定她就是陈老太婆，是他们上千人的祖宗。为向世人明示这一点，1994 年春天，他们集资立了一块“陈圆圆墓说明”碑，竖在那里。我将碑文中最主要的一句话抄录如下：

陈圆圆究竟魂归何处数百年来众说纷纭，有云南说上海说苏州说等等，马家寨吴氏说陈圆圆墓就在这里，我们千余人都是她的亲子孙，如若不信请进马家寨亲自问问他们。

读了这段话，我认为马家寨的吴氏后人没有冒认吴三桂和陈圆圆为祖先的利益动机。首先，这种事情在整个清王朝统治时期，代代以口相传是可信和合理的，为了避免杀身之祸，却又要使家史不至于因岁月更迭而湮没在俗世中。其次，陈圆圆虽然名声很大，几乎妇孺皆知，但是，究其身份，终归是个妓女。在正统社会里是遭人贬损、受人鄙夷的。这个世界上，想没有一个人会冒认一个妓女为祖先的。况且现在不是一个人，而是一整个寨子的上千人认为她是自己宗族的祖先。前面我已经说过，这件事最初透露的年份，是在我去贵州插队落户的前两年。正是抓阶级斗争为纲抓得最紧、查三代、查祖宗十八代查得最严的1967年。马家寨吴氏不会不知道，吴三桂是历来被斥为“逆贼”、“汉奸”的，吴氏后人为何偏偏要在这个年头称自己是吴三桂和陈圆圆的后人呢？还有一点也不可忽视，几乎所有去水尾镇马家寨的访问者发现，吴氏后人都能把吴三桂及其他手下的儿子、侄子、女儿、女婿及重要将领的事迹讲得头头是道，还能完整地讲出他们的姓名。至于陈圆圆的传说，其中的细节，在马家寨也是流传得家喻户晓，不能不说也是一件奇事。有人提出疑义道，就是在偏僻乡间，有些秀才之类的人物，从古书演义中看来些传奇，茶余饭后在群众中传播，也是常有的事。

贵州的学者则反驳道：不然。比如他们能说出胡国柱、夏国相为吴三桂的女婿。胡国柱、夏国相在历史上并无甚知名度，也没啥业绩，野史演义中很少涉及，不像《三国》、《水浒》中有名有姓的人物，他们怎么可能记得如此清晰。不是家族秘授，怎么可能讲得清十一二代祖先的名称。社会上随便找一个学问渊博的人，请他讲一讲十一二代祖先的名字，恐怕谁也讲不上来。且别说，“文化大革命”中，马家寨上还藏有吴三桂的皇伞和兵器。

从 1984 年开始，不时有文章披露陈圆圆归隐在贵州岑巩县水尾镇马家寨狮子山绣球凸，争鸣的文章发表了不计其数，始终没个结论。

一晃至今已近二十年了。作为自始至终的一个关心者，我想，有时候我们何不化繁为简地来思考一下问题。既然清军攻破昆明城，恢复其统治以后，一直久寻不见陈圆圆的踪迹。难道聪明如陈圆圆这样的女子，她就不会在预见到局势的危急之前，找一块僻静而又风光优美的地方作为自己的归宿嘛。联想到她追随吴三桂统治云贵的多年中，曾到过龙鳌里，并深深地为龙鳌里物华天宝的环境和优美的风景所吸引，她是极有可能归隐到这里来的。

从这一意义上来说，陈圆圆葬身在贵州岑巩马家寨也是有可能的。风光之美被誉为天上人间的悠悠龙鳌河，河水环绕鳌山流向东南，汇入溮水，它从上古时代流来，还将流向未来，滔滔不绝地流了千百年，它能向世人揭开这一谜底吗？

激情银水沟

从19岁到41岁长达22年之久的日子，我都生活在贵州的大山里。从插队落户当知青时的山谷深处，到修建湘黔铁路时进入苗岭腹地的苗寨侗村，后来成了作家，又由于时常下乡，贵州省的86个县市，我都到过。其中有一半，我还或多或少住过一阵，在整个从青年步向中年的岁月中，可以说是看够了贵州这一喀斯特山国的地形、地貌。由于对这片土地充满了感情，在我的小说中，我还时常写到山的各式面貌，山野的种种景观，自以为写得还是充分和诱人的。

但是这一次看到的盐水沟，却又一次让我感到了惊喜，让我受到了震撼，让我觉得流连忘返，让我在离去时欲罢不能，让我离开之后，还时时地想着它、念着它。

盐水沟这一地名实在太平庸了，平庸得使人走近了它都不晓得，平庸得至今也没人想到它才是真正的旅游之地，而只是在车子开过时应游客要求下来随便照点相。

可盐水沟却是一个实事求是的地名。之所以叫这么个名字，是因为它的刀削斧劈般形成的千万条水沟中，淌着含盐量极高的水流。一旦烈日灼灼水分蒸发，山沟里就铺设着一片片一条条闪闪烁烁的银花。我没敢去尝一尝这种盐花的滋味，但是前人的诗文中提及，称“水盐有异味”。可见它是不能食的，和我们日常生活中天天吃到的海盐有差别。但它的形态又令我想到海盐，想到亿万年前这一片无边无际的台山之地曾是大海。是的，阿克苏史话中说得明白，从约始于十九亿年前的早震旦纪，今天的新疆大部分地区被海水覆盖，阿克苏地域处于塔里木海和天山海之中；到离我们人类最近的二百五十万年前的第四纪地质年代，天山山脉不断上升，塔里木盆地不断下降，地质演变过程中剧烈的岩浆活动，海相马陆相地层的交替，塔里木板块与欧洲板块、西伯利亚板块、印度板块的不断碰撞，又加上两亿年前侏罗纪中晚期炎热干燥的气候，形成了一套会膏盐的沙砾岩红层。回溯一下这段复杂的地质史，可以解答为什么盐水沟连绵不绝、面貌各异的山峦中时能见着红色的宫殿式图案的山体。我是一个小说家，我还想象着，亿万年来，裹挟着干沙尘土的狂风如何扫荡着这片土地，肆虐的洪水如何任意冲刷这些洪积台地，要不，它的面貌为何总让人觉得凹凸狰狞，它的沟谷为何总是交错纵横得无规则可循呢？

正因为盐水沟的面貌可以令人展开无尽的想象，

正因为盐水沟的沟谷可以让人久久地赞叹，才使我一会儿联想到灯火辉煌的豪华宫殿，一会儿联想到阴森恐怖的魔鬼城，一会儿联想到漫长的历史，一会儿联想到大自然的巨大神力……哦，在无边荒野、泱漭绝漠中看到这一长廊般的景观，真可称之为在震撼中感觉享受，在享受中感觉震撼！

当地的陪同告诉我，盐水沟是古丝绸之路的故道，是古龟兹国通向姑墨国的咽喉地带。果然，我们的车一路行去，沿途不时可见建于汉唐的关垒遗址。我的脑海里顿时浮起了一幅又一幅西域漠野的画面，那些迎着风沙烈日的客商、军旅、佛教徒们在穿梭于丝绸之路的这一段时，也会为盐水沟独特的地貌而惊叹、而欣喜罢。

我始终想不通的是，离开库车古城仅二三十公里处这么一条绝妙的盐水沟，为什么只是一条到天山神秘大峡谷的过道，为什么不赶紧把它开发出来，作为最有特色、最耐人寻味的黄金旅游线？那是看不尽的远山近水，那是道不尽的沧海桑田呀。我想象着坐在缓缓而行的电瓶车上，导游以自豪的语气给我们这些远道而来的旅客介绍："……盐水沟是一条穿越却勒塔格山的干涸河床。这里的山体多是由单斜的岩石组成，它蜿蜒曲折，千姿百态，层层叠叠，数不胜数。一路行去，我们即将看到的是绵延数十里的壮观景象。如此奇特的地貌，是因为大海的海底经亿万年来的造山运动，几经剧烈上升和陡然下降所致，它是驰誉世界的天山最可贵的沧桑巨变的地质档案……”

且慢，且慢，在完善我这篇即兴的寻游词之前，我认为先得给盐水沟改个名字。为使历史具有延续性，为使当地和全国各地、世界各地旅游者都能接受，我认为应该响亮地喊出自己的新名称“银水沟”。

于是我在阿克苏提笔写下了这篇文字。

我愿“银水沟”能为所有的旅人接受和喜欢。

第一次到遵义

初到贵州插队，最想去的地方，一个是省城贵阳，另一个就是遵义了。

记得第一次去遵义，是 1970 年春夏之交，山寨上农忙过后，请准了假，坐着火车就去了遵义。

自小读老红军的回忆录《星火燎原》和《红旗飘飘》，从无数红军将领的回忆中晓得，红军长征，西进贵州，突破乌江天险，智取遵义以后，在 1935 年的 1 月 15 日召开了中共中央政治局扩大会议。这次会议，批判了王明“左倾”路线领导者的冒险主义、逃跑主义，全力纠正了当时最紧迫的军事上和组织上的错误，作出了《中央关于反对敌人五次“围剿”的总结决议》，从而确立了毛主席在全党全军的领导地位。

到遵义去，与其说是看遵义这个贵州省的第二大城市，不如说是去参观遵义会议会址。

会址位于遵义老城一条老街的中段东侧，这里原来是军阀柏辉章的公馆。会址的门上方有毛主席亲笔题的“遵义会议会址”六个大字。在1970年那个年头，会址的醒目的地位，摘录了一条最高指示：“只在到了遵义会议（1935年1月在贵州遵义召开的中央政治局会议）以后，党才彻底地走上了布尔什维克的道路……”

难得到遵义来，我细细地瞻仰着会址中央的长条桌子，周围的木椅、藤椅和长凳子，还有窗户上的彩色花玻璃，烤火的炭盆，想象着遵义会议公开时的情形。我在院子里留了两张影，一张是单独拍的，一张是为两位朋友一起拍的。记得当时，我的胸前还戴着一枚大大的毛泽东像章。

看了遵义会议会址，我还在老城的老街上逛来逛去，陆续看了当时的红军总政治部旧址，看了红军干部大会会场旧址。

实事求是地讲，1970年春夏之交里的那个两天，遵义城里是很清静的，特别是旧城的老街，好些遵义人告诉我，和几十年前变化不大。

到了80年代，我又多次去过遵义。登上遵义城东北最高点的太平山，鸟瞰从遵义县境内流入市区的高坪河、喇叭河、洛江河汇成的湘江，几乎每一次都是感慨万千。

坐落在凤凰山主峰西南小龙山上的红军烈士陵园，掩映在苍松翠柏之中。前临碧波荡漾的湘江，后倚葱茏浓绿的凤凰山。高大雄伟的红军烈士纪念碑上，刻着小平同志的题辞："红军烈士永垂不朽。"

世纪之交，我再一次来到遵义。遵义更漂亮了。哦，遵义这座古城，正在焕发它的青春。

若有似无的城市

这是一个奇怪的城市。

在我看来，它至少有三怪。

首先一个怪，是怪在这个城市的名字。

大凡世界上的城市取名，无非是这么几种原因：一呢，因其城市所处的地理位置，比如上海，坐落在东海之滨，紧挨着大海，到海上去十分方便，又是长江的门户，故而得名。一些图省事的外国人就干脆解释为从这儿到海上去。又比如我曾经生活过多年的内地省城贵阳，是因为地处贵山之阳面而取名。再比如日本的东京，则是因为它地处故都京都的东面而取名。二呢，或因其独特的历史原因，比如开罗，在阿拉伯语里是胜利的意思，它的建成标志着埃及摆脱了拜占庭罗马帝国的控制，又比如我们的北京、南京、西安的得名，都和独特的历史原因联系在一起。三则是因其城市的特色，比如平壤即是平坦的土壤的意思，比如渥太华，在印第安语中，则是贸易的意思。在19世纪的中叶，渥太华是一个木材交易的小城市。第四，为纪念一个杰出伟大的人物，诸如我们都晓得的华盛顿、惠灵顿、列宁格勒和玻利维亚的法定首都苏克雷等。再有就是因其传之久远的典故，例如阿富汗的首都喀布尔，就与一个自古流传的干草桥的美丽传说有关，而喀布尔，在波斯语中，就是干草桥的意思。又例如希腊首都的名字雅典，就和智慧女神雅典娜的美丽传说分不开。总而言之，城市的命名，寄托着人们的美好愿望和憧憬，得到一代一代世人的认同。即使稀罕如“鬼镇”这样为吸引游人而起的名字，也会得到人们的认可。

唯独这个叫做“淹城”的地方，让我一听就觉得怪。为什么要取一个巴望自己被淹掉的不吉利的名字呢？说它水多，世界上水多的城市有的是，威尼斯、斯德哥尔摩、曼谷、阿姆斯特丹，一个名字比一个更好听，可它偏偏要叫“淹城”。

当地人告诉我，这淹城了不得！这是世界上绝无仅有的三城三河形制，哪里哪里只有二城二河形制，哪个国家的二城二河形制已是如何的不得了。你想想嘛，一座城有三道城墙，三道城河，层层相套，布局巧妙，该是多么的不容易。多么难得一见。

于是我忙中偷得半日闲，兴冲冲往淹城而去。淹城地处江南的太湖和滆湖之间，东北距常州市七公里，离开新近撤县建市的武进才二公里，可谓近也，交通自然也是极为便利。三道城河围起一座静悄悄的古城，竟然只有一条小路通往城中哩。在这一片江南沃土之上，浓重的丛丛绿荫之中，只见那三道护城河曲水环围，清澈的河水微起细涛轻波。沿着古朴幽静的田间小路信步而去，我陡然察觉了它的第二个怪。

怪在哪里呢？这座如此了不得的城市中竟然没有一个市民。

市民们到哪儿去了呢？陪同我前往的朋友说，原先这重叠的三道城河之内，还居住着三个生产队的农民，他们大约是这座城市中的最后一代臣民了。在这里生活的那些日子，他们过的是与世无争的世外桃源般的生活。他们栖息在这里，耕种在这里，收获也在这里，至于和外界的接触，则是很少很少的。曾经有小偷盗窃了附近地方的东西，慌慌张张逃进城中来，他自认为逃到了一个无人知晓的地方，哪晓得被人堵住了那唯一的一条土筑小路，不费吹灰之力便逮着了。

顺着有规则的泥巴路走进近似方形的内城，站在地势较高的土墩上，放眼眺望远近的景色，昆池重叠的三道城河之上，倾圮的城垣逶迤起伏，冥冥中竟然还能依稀看到那土筑的三重城墙在云空中巍峨挺拔，凝神定睛望去，却又是什么都不见，看到的只是浮云、只是一片蓝天。让人生出无尽的遐思。直到这个时候，我才明白了，这淹城只是一个城池的遗址。

在明白了它不过是遗址的同时，我又发现了它的第三个怪。那就是淹城遗址直到如今还没个确切的说法。用一句民间的话说，还无从说起。

越是无从说起，说的人也就越多。这是不是一个规律我讲不清楚，但在淹城遗址这件事上，体现的却是十分充分的。人们引经据典，说淹城是淹君之地，只是淹君为何朝代何人，仍旧不曾说清楚。有的说淹君系周初山东曲阜的奄族之君，淹即由奄演化而来。有的说淹城为吴囚越质子而筑。还有人说古代常州附近有过一个小小的淹国，淹君即淹国之君也。更有一种证据似乎十分确凿的说法是，淹君是吴国历史人物吴王寿梦第四子季札，称君的不一定非是皇帝，就如同春申君一般。

考据没个定论，老百姓却以他们丰富的想象，补充着历史的空白。一代一代，这里都流传着金井和玉井的动人传说，他们说金井中有金门槛，每当天空出现“七巧云”的时候，井中就会响起鼓乐声声，井口就会闪烁金光道道。还有龙泉的传说，还有甘露城头的传说，而关于百灵公主的传说，在这一带几乎是家喻户晓：传说淹君的女儿百灵公主，因为喜欢吃甘露叶上的露珠，长得如花似玉，是当时的绝代佳人。不用说她当然是淹君夫妇的掌上明珠了。留王之子野心勃勃，讨得了百灵公主的欢心，骗取了淹君的信任，被招为东床驸马。有一天，趁淹王外出巡视，驸马偷去了淹君的护国之宝——白玉龟。淹君回来以后，不问青红皂白，就把百灵公主处死并碎尸三段，分葬在淹城附近。如今站在淹城就能看到的三个显眼的大土墩，被百姓们称作头墩、肚墩、脚墩，就是由此而来。

美丽动人的传说也好，争论激烈的考证也好，都承认春秋时代，在江南水乡，有过一个淹城，有过一位淹君，可以想象，那个时候，淹城有过一番繁荣的景象。在三道城墙边徘徊了好久，在三道城河旁沉思了良久，我脑子里想得最多的，是当年处于如此中心地位的淹城，后来因何而冷落倾圮了呢？

答案是显而易见的，随着京杭大运河的修通，最初作为一个小小码头的常州，逐渐地繁荣昌盛起来，而闭关自守，进出须越过三道城河、三道城墙且只有一条小小泥巴通道的淹城，自然而然地就廖落下来，以至于到了今天，只剩下一片遗址，连一个市民也见不到了。

回首千古淹城，风去风来的秋阳辉耀之下，一大片绿荫在微风里起伏。仿佛在喁喁细语般讲述着江南古文化的神韵，给今人以启迪，也给今人以咀嚼回味。

哦，淹城，我也愿为你记下一笔。

浦东季节

人在内地山乡生活多年，心灵深处，终归自谓是上海人。但是对于与市区仅有咫尺距离的浦东，实在是不甚了解的。虽说童年时代也曾摆渡过江，到浦东公园嬉戏；虽说青少年时代也曾数不清有多少次骑着自行车去过高桥海滨，对于浦东的印象，仍然是淡淡的。要不，在荒蛮偏远的乡村里，犯起乡愁来，思念最多的还是南京路的灯光、外滩的高楼和弄堂里友人邻居间的温馨。临到浦东开发，外乡的人们热心地打听起来，给人介绍时，仍装出一副十分熟悉了解的模样，讲得头头是道。心中却还是虚的，因为我凭借的多半还是以往的印象，怕他们穷追不舍地问下去，我就说不出更多的了。

及至回归上海，家居浦东，转瞬竟有了一年半的日子。对于浦东这块土地，对于浦东的四季，多少有了些真正的发言权。

在内地的省城生活时，我喜欢站在阳台上眺望山间的景致。那变幻莫测的雾岚，随着风去雨来，时而飘飘茫茫地笼罩着山峰，时而半羞半怯地露出点儿样貌，时而又如扯下神秘纱巾的俏丽女子，让青山奇秀的风光，陡现在你的眼前。哦，这是多美的大自然的画卷，多少文思在这种伫立中奔涌而来。

站在浦东的阳台上，看些什么呢?

看楼房隔开的天，一块一块地没有了辽阔深远和宽广无边；看楼房外边的楼房，一幢接一幢高高低低地拔地而起。乡间的民居迁走了，一家一家的新居民搬进来。于是乎听得到楼房里传出不绝于耳的“咚咚”声，切割机的噪音，刨地板机的怪嗥，还有说不清为什么原因的敲打。凝神细听，这种种响声组成杂乱无章的音符，却又是你奏你的、我奏我的，互不干扰，互相容忍。稍隔一段时间，走出新村去，竟然惊讶地发现，前不久还是一片空廓的土地上，又起了楼群一片，又有了新的新村一片。

新村的绿化比市区好，好得有规划、有管理。夏天里走进新村，慢一点走进楼房，沿着新村里的道路走一走，自会有种置身于绿色走廊中的感觉。树木、草坪、花园、苗圃、爬壁藤各种深浅不一的绿，让你悦目，让你的心灵得到松弛，让你的节奏舒缓下来。上海人是需要松弛、需要舒缓的，上公共汽车要挤，上班要顶在岗位上干，上商店要在人堆里钻，走在马路上还得在人流中小心别碰着谁，至于骑自行车的，更须八面玲珑，机智灵活，如同耍杂技。

夏天的浦东要比浦西凉爽，在浦西的人行道上走过，坐公共汽车到浦东来，一下车就能感觉到这一股凉爽。这很好理解，首先是楼房比浦西匀称，其次是人烟比浦西稀。再有就是风大，临海滨江，高低楼层错落有致，风喜于其间穿行。最炎热的那些天，刚入夜那两三个时辰，沿街散步，高楼下是纳凉的人们，人行天桥上也是乘凉的老少，很有一番祥和安宁，其乐融融的滋味。可能是离旷野近，可能是绿树多，蚊子也就比浦西多一些。驱蚊广告，吉利 33 的推销宣传，来浦东做一点，实效势必比其他地方大。

夏日里凉爽，冬季自然也要比浦西寒冷一点。骑自行车更有这种感觉。吼啸的西北风迎头刮过来，寒凛凛的滋味儿是很真切的。冬晴的日子，风抓起满把满把的尘沙撒过来，这也似乎在提醒人，浦东到处都是建筑工地。灰沙尘土一时间是免不了的。站到《文汇报》大楼高层上去回首浦东，看到那耸天的高楼雄伟的气势，请谅解这些肆虐的尘沙罢。

浦东的田野宽阔，一马平川。冬日里就显出几份寂寥来，田野上仍种菜，却不见多少树木。河网密布的江南水乡之景，也在日渐消逝。不是说不见水，水是有的，却只见冬溪缓缓，平水浅浅，一只两只小鸟轻掠水面。偶有枯树立岸，也是光秃枝丫，更显一点寂然。浦东的规划中有大片的绿地，希望绿地不仅仅是草坪，不仅仅是高尔夫球场。在日本，建立大面积占地的高尔夫球场，还得选民投票，不能随意把大片土地变成草坪的。我倒更盼规划中的绿地上出现成片的树林，有林便会有鸟，有鸟便会有生气，落霞抹树梢，晨雾托蓊郁，还会生出诗意，生出朦胧，平添无数新的意境。

冬去春来，新村的大门前，沿街成市的商店门口，公共汽车站附近，一下摆出了那众多的小吃摊，水果摊，今年又见大排档、卖大饼油条的、卖葱油饼锅贴的，卖生煎馒头的摊位前，多少都围一圈人，颇受人欢迎。却又仍像卖外烟的一般，时常担忧干预者，干预者是振振有词的，谓之“无证设摊”，或曰“摊位影响市容”。无证不能请他们去办证吗，摊位有碍市容，不能稍作规划吗？本来规划中的饮食店就少，一条街都摊不上一家，再生硬地清扫过去，就会给春天的浦东减少一点方便，更使得春天的浦东缺乏一点色彩。为给浦东的春天增添多姿的色彩，我们不是做足了文章吗？比如南汇的桃花节，组织旅游社团，邀请文人雅士还要请上电视台。这都好，那自然的色彩不更需保留嘛！设想一下，五颜六色的遮伞下，摊位一路摆过去，街面会显示出多少蓬勃生气。春雨在伞面上奏出小鼓，马路因淅沥的雨点而潮湿滋润，浦东也会在春雨中增添妩媚哩。

上海人盼秋，是因为夏日的酷热难耐。浦东的人们同样盼秋，是期待秋的凉爽，秋之收获，秋高气爽。秋天里的浓绿醉人，让人很自然想到郁郁葱葱这个词。可惜在这东海之滨的长江三角洲，秋天终归是短促的。即使是短短的两个多月的秋日，人们照常要过中秋，要尝上档次的月饼，特别是年轻人，中小学生，要组织秋游，要像春日踏青一样去玩去耍。浦东的好几十所小学，数目不比小学生少的中学生，这个时候就有点犯愁。他们在浦东的大地上，很难找着值得组织去秋游的地方。于是只好联系车子，去大观园，去动物园，去佘山去松江，去的都是浦西人去的地方。浦西人秋游春游的地方，浦东人当然也有权去游。只是，几乎不曾见浦西人组织的车队来浦东秋游和踏青的。我想这意思大概是说明白了，居住着一百几十万人口的浦东，在内地可同一座省城相比了。所有的省城都会有几处值得夸耀的风景，可游览的名胜佳迹，可去一游一欢一乐的地方。浦东这样的去处也该有吧。眼前没有，规划中总该有吧。因为九十年代正是浦东的季节。

浦东的文章只是刚起了个头，这篇文章会愈做愈长，更会愈做愈好，我居浦东，也仅只年半，相信随着岁月的流逝，文章的续篇会愈加精彩。

两种生命环

在贵州生活了二十一年之后，意外惊喜地回归故乡上海，除了感觉到气候上的差异，口味上的区别以外，另一强烈的感受，便是生活节奏的陡然加快。最初那半年，我甚至有些适应不过来。似乎久违了的喧嚣的叫卖声，嘈杂的声浪，几近咆哮的汽车喇叭，常常把我搞得心烦意乱。公共汽车里的拥挤，上海人挤公共汽车时的机巧灵活和不择手段，困在车厢里而车子又似蜗牛爬行，几乎常常憋得我无奈地闭上眼睛。一天一天，上海人就这样地生活着，匆匆忙忙地赶路，匆匆忙忙地吃饭，匆匆忙忙地坐车，匆匆忙忙地打瞌睡，连操笔墨生涯的同行们，也是匆匆忙忙地写，匆匆忙忙地发，匆匆忙忙地读。回上海不到两年，出国热、装修住房热方兴未艾，紧接着而来的投资热、房地产热、股票热又掀起来……有人颇为认真地告诉我，这就是现代生活的快节奏，高速度，你必须适应。于是乎我也不知不觉地卷入这快节奏的漩涡中，把一天一天地计算时间的方式，改成一小时一小时地计算时间，让生命的环，旋转得更为迅速一些。

但是，我毕竟在山乡里生活了那么多年，了解另一种生命环的转动。闲暇下来，抱一本书，并不想匆匆忙忙地读，于是眺望晴空，情不自禁地忆及乡居岁月里的种种情景。

贵州那大山褶皱里的村寨，即使是在农忙时节，也是安寂而清静的。而一旦进入农闲，你才会真正地感觉到那份安适闲静。

栖息在荒寂乡间的农民们，起得都较晚。鸡鸣过后，往往还会贪睡一阵。若是拂晓时分有雨，雾气笼着山头，那早晨的这一觉必然还要睡得久长一些。

一家子中起得最早的，往往是主妇。趁着男人和娃崽还在酣睡，农妇便用豆荚杆或葵花杆引燃灶膛里的火，煨热水盥洗，同时在小灶上的甑子里蒸上一家人一天吃的饭，在大铁锅里用猛火煮猪潲。

饿得不耐烦的肥猪、猪崽把圈槽板拱得咚咚响时，一家子人也随着灶房里飘散出的饭香先后醒来了。于是家家户户都有了一些大同小异的响动，朝门打开了，喂养的鸡鸭和完成了一夜值更任务的狗蹿出门，四散跑开去。寨邻乡亲们打了照面，互相懒懒地搭问几句，多半说的也是昨夜的雨水大小，老板田里是否有了点水花花儿，或是做了个稀罕的梦，梦见了啥。

吃过早饭，时间总是在上午的十点来钟。一家的活动也便正式开始了，农妇们涮洗完碗筷，去园子或自留地里淋粪薅土。一家之主的男人们，则是拿着镰刀、扦担上坡去，割草回来垫圈。至于细娃嫩崽们，背上背篼，骑上牛背，尖脆着嗓门呼喊要好的伙伴上坡去放牛。

大约在午后的两三点钟，放牧掏猪草的娃儿们把牛马拴在地桩上回家来了，上坡去的男人们挑着满满两大捆草也回来了，娃崽性子急的，催着要吃饭。而男子汉则往往端条板凳，坐在堂屋前咂一杆叶子烟，随着那蓝色的烟雾飘起来，男人眯缝起眼睛，似在眺望着远山近岭沉吟，又仿佛在出神地思忖，其实他啥都没想，只是坐在那里休息，山乡里的话叫“歇气”。那是他最好的享受之一。

时近黄昏，太阳落坡了。汉子们在寨旁的河沟边洗净手脚，担起水桶去把家里的石缸挑满。水井边是个热闹的地方，挑水的，洗净菜肴的，吃晚饭的，全聚拢来，说说笑笑，打情骂俏，用以消除一天来的闷愁和疲劳。

晚饭后，有两件事是必须做的，一是铡马料，一是斩猪草。边干着活，边有一句没一句地闲扯着。若是在冬夜，一家子就会聚在火塘边，天南地北地摆龙门阵，讲盘古开天地的事，讲民间的传说，讲城市里人如何了得，又如何不要脸……

一家子人中，睡得最早的往往是嬉耍了一天的娃娃，其次便是妇女。到夜深人静时，一大家子人也就全入睡了。有电灯的地方省电，没电灯的地方省油。

于是乎，一整个寨子沉寂下来，笼罩在黑黝黝的山脚下，笼罩在不知不觉从峡谷、山林里弥漫出来的雾气里。时而，这里一点，那里一点，农舍里会闪出点儿光亮，那必然是勤俭的妇女在赶夜工，可能是在纺线，可能是钟情的姑娘在给意中人绣鞋垫，可能是聚起了一帮汉子在赌博，通宵地要……

日子就这样一天一天地打发过去，不同的只是节令气候，不同的只是农事的更迭重复。今天和昨天一样，明天必然和今天一样，只要老天爷帮忙，只要风调雨顺，这一份人世间的日子，就是如此地悠闲逍遥，如此地辛劳不尽，如此地悠长缓慢。

山寨和外界多少是有一点联系的。其一是依据赶场。城市工厂把卡车开来乡场，把鸡蛋全搜罗了去，于是鸡蛋价格上涨一点儿；街头的百货店运来了花色鲜艳的布料，四乡八寨的姑娘少妇全争着去扯，于是晓得花布的式样又多了一种。其二便是寨子上多少出去几个打工的小伙子，他们出去抬石头、砌包坎、修房子、挖土方，赚回一点劳力钱，同时也带回一点外面世界里的信息。其三是有幸参军或考上大学又回来度假探亲的凤毛麟角般的人物，讲着更远的山外头的新鲜事物，很多与山乡里不同的风习，很多村寨上人闻所未闻的情形，惹得那些闲来无事又好奇的小伙姑娘们一阵阵感慨、羡慕和叹息……

但是正如在电影里看到演员们吃宴席而他们吃不到一般，这一些由外界带进来的信息，对山乡人们的冲击是不大的。听过之后，他们照样回去睡自己的觉，照样按山寨规矩打发自家的日子。

一天又一天，一月又一月，一年又一年。

命运使得我在前后两种截然不同的生活形态里浸染过，我情不自禁地常常要将这两种生活的世态拿来对比，发出一些自觉深沉别人却觉得莫名其妙的感慨。

——那激荡的波涛何时拍击到我曾生活过的偏远的山乡呢？而那同大自然一样自若坦然，充满绿色浓荫的生活，又在何时回归到城市的喧嚣嘈杂中来呢？他们交汇融合得起来吗？

莫非我们的生命环，必然要在这两者之间摇摆么？——读者诸君，你说呢？

上海四季

雪冬

雪冬在上海是不多见的，漫天纷飞的白雪满世界落下来，这景象就更为罕见。故而一旦下起大雪，上海的弄堂里，人行道上，大大小小校园的操场上，就会有一股喧嚣欢腾的气氛。

上海飘落的雪花，多半是那种湿雪。眼看着她飘悠着、飞舞着、颤巍巍地落下来，落在瓦上，落在马路上，顷刻间就化了，怎么也凝结不起来。人们盼望的，那种偌大的雪被把整个城市笼罩起来的银白的世界，往往要盼好久才能盼了来。瞧吧，下雪的日子，高高低低的楼房窗户，沿街面的那些不高的二层、三层的老式窗玻璃后面，就会有贴着窗玻璃的一张张男孩、女孩盼望的脸，和脸上期待的眼神。每当这时候，大人们就会劝，睡吧，雪夜是好入梦的，一觉睡醒了，整个世界都白了。其实，大人们往往也同孩子一样在盼，要下就下大一点，要落雪就爽爽快快地落个彻底，千万别稀稀疏疏地落一阵就停下来。

上海的雪，落下来之前往往会有明显的征兆。这预兆不是狂风大作，这预兆也不是冬雨，而是一股阴冷，连续阴了几天，而且越阴越冷，寒气袭人。老人们就会边添衣裳边告诫家人：要落雪了。

我永远也忘不了1968年的冬天，这是我离开上海去西南山乡插队落户之前，最寒冷的一个冬天，那个冬季里的雪天特别多。前前后后一直持续了整整十七天。从蒙古吼啸着刮过来的西北风，往常带来的是干燥、寒冽和冬阴。但是不知为什么，在那一年会有这么多雨夹雪的日子。很多建于40年代、30年代、20年代甚至更早的老式房子外头，自来水管早早包好了稻草，但在每天早晨，水龙头总是拧不动。于是人们用开水去烫龙头，用热水袋去捂龙头，或者干脆，懒得去等龙头里的水了，直接跑到老虎灶去，把一瓶瓶、一壶壶热水拎回家。

和雪冬伴随而来的，是漫长而宁静的夜晚。在雪冬，人们回家早，邻居们串门也少，就是有电影、有戏、有应酬，不是非去不可的，大多数人也婉辞了。上海人不烤火，上海人也没暖气，在过去的日子是早一点钻被窝，用热水袋、汤婆子暖和自己，而进入90年代，则以空调和取暖电器提高室温。

雪冬添出来的，是每天早晨的扫雪。在那些很少的雪日，比如1958年、1962年只有两天的雪日，扫雪成了一场欢腾的劳动。铲的铲，扫的扫，既活动了身子，又清扫了道路，还打破了一夜的寂静。连续落了多日的厚实的雪，晶莹洁白，气温又在零度以下，屋檐下结的冰凌又硬邦邦的，那就只有等待天气回暖，再来清除它们。

飘洒雪花的日子，上海人记得起去公园拍雪景，上海人也想得到去外滩，看漫天皆白如何抹上万国博览会。但没有人想得起到市郊去看大地和原野，没有人想得起去看水乡泽国的雪景是一番怎样的风光。上海人如今都住在都市的楼房里，可是上海人的根却是在淀泖湖荡边的青浦。50 年代发掘的崧泽古文化遗址和 80 年代探明的福泉山遗址，告诉我们上海这地方成陆已有七千年的历史，上海人早在新石器时代就已栖息繁衍在这块肥沃的土地上，为生存而劳作着，为自强而辛勤着。从这一意义上说，上海不仅仅是一个高楼林立的现代化国际性经济大城市，上海还是一个有着灿烂辉煌的古代文化的大城市。

冬季的雪日，如果来到淀泖湖地区，面对冰封雪野，眺望烟波万顷碧，云水生远思的湖色天光，会惊愕地看到古诗中描绘的景象竟是如此地逼真："一片一片又一片，二片三片四五片，六片七片八九片，落进湖里都不见。"

不信？在落雪的冬日，亲眼去看看。

春　天

春天，一个多么令人神往的季节。

春天，一个多么美好的字眼。

只因为春天的风带着暖意，只因为春天的山野充满生气，只因为春天淙淙潺潺的溪水似在轻吟低唱，只因为春天的一切都预示着蓬蓬勃勃的希望。

古往今来，有过多少关于春天的文字，有过多少关于春天的诗词歌赋。随着春天的来临，和春天有关的散文和散笔，是我们书报杂志上年年经久不衰的栏目。

讲到春天，人们总会写到垂柳，写到鲜花，写到绿茵大地，写到春风春雨。所有写到的这一切，在高楼林立、马路纵横、车流如梭的大都市上海，其特征都是不明显的。

上海春天的特征，在哪里呢?

上海的春天，似乎是从人们感觉到阳春的气息开始的。有时候一过春节，寒冽的西北风大大削弱，温度回升得很快，雨量也明显增多，一切迹象显示，仿佛春天已经来了。其实不，暴热几天过后，很快就进入暴冷，甚至进入倒春寒。春天还远着哪!

春天的气息逐渐浓烈，过去是在市区的操场上，公园的草坪里，市中心的人民广场，有几份闲情的老人和少年，会出来放风筝，让寄托着自己心情和希冀的纸鹤，在晴空间翻飞，在蓝天白云间飘摇。现在这一景观已经很少见了，放风筝则得到濒临海滨的市郊去，让气球和彩旗伴着风筝高飞，让歌声和笑语随着春归大地欢腾。

江南有一句古谚："六九五十四，再冷没意思。"说的是冬至过后，要连过六个九天，大地才会萌动春的暖意，迎面拂来的风里，才会充满春的气息。

总要拖到4月里，随着清明时节晴雨相间的天气结束，阳春时节才会真正来临。

季节上显示得不充分，那么，作为一座正在向着国际化迈进的大都市，上海春天的特征，究竟体现在哪里呢？

告别千禧龙年，迎来新的世纪。

2001年的春天，是从冬月里圣诞老人的笑容上显示出来的，是从上海人矫健的步履中体现出来的，是从你、从我、从他……从大家充满自信的眼神里感觉到的。

曾几何时，人们议论着上海楼房的陈旧，岁月的风雨洗刷着一条条长长短短的弄堂，还有马路上拥塞的车流，公共汽车的拥挤，石库门住宅里的"七十二家房客"，煤球炉、马桶、公用水龙头……凡此种种，似乎上海正在无可奈何地老去。

可是上海没有时间老去，她正在万国博览会的基础上焕发青春，河流变得清澈，大地铺展着绿茵，高楼愈加多姿，道路逐渐通畅。所有这一切，都是当代上海人以他们的劳动和智慧创造的。

就如同上海人时常在隆冬季节感觉到阵阵暖意，上海的春天，是在上海人的自信、上海人的精神风貌上体现出来的。

这就是上海的春天。

2001 年的春天。

黄　梅

在上海，春天过去了，夏天即将来临，其间还有一个时节，那就是梅雨时节。

上海人把梅雨时节，叫做黄梅天。

记得在我初写小说的时候，有一回我把这一时节写成“黄霉”天。

责任编辑用红笔把它勾了出来，问我，你为什么这样写？

我说，在我的记忆里，黄霉天里衣物、书籍特别容易发霉。而过了这一时节，上海进入盛夏，居民们就会把皮衣、毛衣、毛毯等，拿到烈日下晒上一两天，晒去霉斑、霉迹，或者说晒去一点霉气。

责任编辑笑了，把“霉”字改成了“梅”。我问他何故，他只说这是约定俗成的写法。

当我写另一部书的时候，又一个责任编辑把“梅”字勾了出来，说不该用这个字，而应写成“黄霉天”。

我给闹糊涂了，到底该写哪一个梅（霉）字呢？

也许正是因为这一原因吧，年年黄梅，我特别留意关于它的话题。

黄梅天是上海及周边地区特有的一个时节。

黄梅天也是江南水乡特有的一个时节。

东北地区，大西北地区，就没有黄梅天。有的地区，春夏之交，也下毛毛细雨，比如我长期生活的西南山乡，比如“天无三日晴”的贵州，绵绵细雨下起来，时雨时晴，有时候延续的时间比上海的黄梅天还要长，但是那里的人们仍然不把这一时节叫做黄梅天，而只把这种时节叫做“忙脚雨”，老是下不停。

渐渐地，回到上海的时日长了，江浙一带水乡去得多了，我终于弄明白，原来，江南一带，尤其是长江三角洲的代表性城市上海及其周边的淀泖湖地区，进入夏季，正是梅子成熟的时期。这一时期往往雨多、雨期长，而且由于春夏的转季，风去风来，雨也便时下时停，形成特别的梅雨时节。

能够为我这一观点佐证的是，自古以来，在江南水乡，流传着这样一句农谚：“行得春风，必有夏雨。”这里的春风，特指偏东方向吹来的风，也就是上海人时常说的：东南风。

农谚中的夏雨，不是说夏天落的雨，而是专指梅雨。

这句农谚先是被写进 20 世纪 60 年代创作的沪剧《芦荡火种》；遂而又被移植到革命现代京剧《沙家浜》的“智斗”一场戏中。由于《沙家浜》的全国性推广和普及，由于至今仍有不少人喜欢“智斗”这一场戏，就是在唱“卡拉 OK”时，也常点出这段戏来唱，“行得春风有夏雨”这句唱词，亦唱遍了祖国的大江南北。

可是又有多少人知道，这里所说的“夏雨”，是专指“梅雨”而言呢！

一般地来说，上海的梅雨时节开始于6月中旬，结束在7月的上旬，持续期约二十多天。但是，凡事都有例外，有些年头，比如历史上有记录的1897年，梅雨只有6月8日、9日、10日三天。我小时候的1958年6月27日、28日、29日，也只有三天。老百姓把这样的年头叫做“空梅”年份。

有“空梅”，必然有长长的梅雨期。1954年的6月5日到8月2日，梅雨期长达五十九天。刚刚过去的20世纪90年代，全国发大水的那一年，梅雨期也格外长。

梅雨时节来后，初期温度明显上升，湿度很大。但是整个梅雨期，最高温度一般不超过三十度。而当梅雨时节一过，往往就会有暴热天气。有的年头，上午出梅，下午的气温就升到三十五六度。

很多上海人，由此便时常把梅雨时节的长短，作为判断当年的上海盛夏炎日的依据。

梅雨时节还有一些特殊的风景。20世纪60年代，我曾在黄梅天里登上南京路的一幢高楼，从窗户往繁华的熙熙攘攘的南京路上望去，哈，只见整条南京路上，全都是一色的黑布伞！三十多年以后的梅雨时节，我又登上了这幢高楼，不经意地往下望去，呈现在我眼前的，是色彩缤纷的花伞的河流。

梅雨时节，是有滋有味的，梅雨时节，是春与夏之间的一个过渡。

季节是这样，人生不也一样嘛。

盛　夏

黄梅过后，就是上海的盛夏了。

对于夏天，上海人总有一种期待、一种迎接的心理。这不是迎接佳节，不是盼望亲人来临的那种喜悦的期待。更多的是一种习惯，这习惯仿佛是与生俱来的，细细究来，却还是有原因的。这原因就是伴随着夏季而来的，是长长的暑假。

今天的上海人，谁没有度过暑假呢。婴幼儿时期进托儿所、幼儿园的娃娃不用说了。上过小学、中学、乃至上过大学的青少年，都曾经有过暑假。

暑假里可以睡懒觉，可以去尽情地游泳，可以全身心放松，可以相对自由自在地做想做的事情。

上海的盛夏，多的是晴热的天气。超过35℃的天气，年年都有。少的年头是八九天，多的年头是二三十天，一般也有个十几天。

在我的记忆里，总还留着盛夏时节特有的景观。太阳西斜了，上海人纷纷开始沐浴。有条件的人家跳进浴缸，没条件的人家往往备有浴盆，为了防止使用时漏水，往往都在夏季来临之前，都已经浸过水，让木头充分地“涨发”过了。还有不少小伙子，嫌使用木盆麻烦，干脆就在公用水龙头边，打起一盆一盆水往身上浇。沐浴过后，时近黄昏，有的是晚饭前，更多的是在晚饭后，带一把蒲扇，端一把椅子，还有拿着棋子、扑克、茶壶的，选择合适的地方，乘凉去了。这合适的地方，有的是在阳台上，有的是在高楼底下，也有的就在人行道边上。路灯下，或是有日光灯的店铺旁，往往是设“棋摊”和“牌摊”的最佳位置。但是最多的，还是在弄堂里，想必弄堂里总有穿堂风。

我居住在浦西徐汇区和在市中心黄浦区读书的时候，夏日的晚上去找同学玩，走过一条一条弄堂口，随便朝弄堂里望进去，只见长长短短，宽宽窄窄的弄堂里，都是粗粗细细、胖胖瘦瘦的手臂和腿脚。有的白皙一些，有的红润一些，全都裸露在光天化日之下。稍走得慢一些，还能听到乘凉的人抑扬顿挫的高谈阔论。就是在“文化大革命”的热浪中，“一只绣花鞋”、“梅花党”等故事，照样在这样的气氛里传播，听众无不津津有味。

随着空调走过千家万户，盛夏时节这样的“乘凉景观”是一去不复返了。跟着这一景观渐渐消失的，还有我们小时候用得最多的痱子粉，还有调皮的男孩子最怕生又最易生的“热疖头”。还有……

也许，生活就是这样悄悄地变化着的吧。

溽暑蒸人的盛夏，连续多日的高温天气，常常引发人们耸人听闻的预言，说地球将越来越热，上海将一年比一年热。

姑妄言之的预测，不妨姑妄听之吧。曾几何时，不过是廿多年前，也有人引经据典、信誓旦旦地预测，上海将逐渐变冷。结果怎么样呢？我们今天不正经历着嘛。

台　风

小时候，台风曾给我留下很骇人的印象。

是夏天，家里却将门窗紧闭，屋里顿时显得特别的热。问大人，这是为什么？回答说，台风来了。

果然，台风说来就来了。狂风大作，把阳台上的晾衣竹竿刮在了一处，还互相挤碰着“嘎嘎”作响。继而就是骤然而至的大雨，给我的感觉，仿佛天上有人在挥舞着一把巨帚，有节奏地把滂沱大雨洒落到人间来。风吼啸着似要掀翻一切，窗户在抖动，门在晃，雨点子砸在瓦片上，好像要把瓦都击穿一般。

夜里睡得也不安宁，几次醒过来，都能听到雨在下，风在呼啸。

第二天醒来，大人们说话的声音似乎都不一样了，一个个大惊小怪地，说长乐路陕西路一片都是水，说水漫进了大楼的地下室，住地下室的那些人家可苦了，一夜没睡不说，现在正在把水往外泼呢！

雨住了，风仍在刮，不过不像昨夜里那么大了，我从家里跑出来，一头就往陕西路赶。没见地下室的住户有多少动静，倒是看到路边粗大的梧桐树倒了，倒下时长长的枝杆挂断了电线，有供电局的工人们在移开大树，重新架起电线来。

再往前走，果然看到地势低洼的马路上，一片汪洋。骑自行车的人费劲地推着车子，在水里过的车子很少。倒是有一些人家，把家里洗澡用的木桶、长澡盆、椭圆形的木桶漂在水里，玩得正乐呢！

最让人心惊的消息，还是大人们在弄堂里说的，郊区什么地方，台风把一家农户的屋顶刮走了，屋里的东西全吹到不知什么地方去了。有力气的大人们是抱紧了粗柱子，才免遭了厄运。小孩可惨了，被台风刮到空中，也不知刮掉在哪里了。

听得我心里一阵阵发冷发抖。故而从小，听到台风我就觉得恐怖。长大了写小说，有一本长篇小说，是写“文化大革命”的，我提笔写下的书名，就是《恐怖的飓风》。

后来，我才发现，其实很多的人，并不像我一样害怕台风。相反，我倒觉得，一到夏天，一到连续多个高温日的酷暑炎夏，很多人还有点儿盼望台风。他们一面抱怨着高温不退，一面会情不自禁地说：“台风怎么还不来？”

年年都会有台风光临上海，就像一位不请自到的客人。有的年头来得少一些，有的年头来得多一些。前些年里，台风一次一次光临，都给编了号。每年第一次刮台风，叫第一号台风。第五次光临，叫做第五号台风。不少年头，都有十一号台风、十二号台风吹来。台风频频的这个年头，上海的盛夏往往是凉爽好过的，也就是说，台风在给人类带来灾害的同时，多少也恩赐一点福音。这能不能也说成是辩证法？今年以来，中国台风也跟国际接轨了，不再叫七号台风、八号台风，而是也给每次台风起了名字“桃芝、玉兔”什么的，名字挺新鲜，可我反而记不住，今年来过几次台风了。

台风来的时候，狂风大作，一切都似在风声里发颤，排山倒海，遮天没地，怒号的大风在生气地撒着野，风声之大，犹如万马奔腾，地动山摇，劲风呼啸着，咆哮着，听着像马嘶也像狼嚎，如若挟带着暴雨，那情景，就更让人惊骇得不知所以。

1997 年 8 月上海的大台风伴着雷雨，我是在纽约的电视新闻里看到的。那几天，一边坐在电视机前关切地看故乡上海台风掠过后的灾情，一边又在荧屏上观看戴安娜王妃和她的情人小法耶茨在游艇上度假欢娱。很快，上海的台风刮过去了，但是戴安娜王妃和小法耶茨的死亡，却在我心头留下了台风横扫般的印象。

也许，大自然的天有不测风云，和人世间的世事难料，确实是有着某种联系的吧。

哦，台风。

爱神花园的白玉兰

爱神花园是我们作家协会的别称。

有朋友从我的第二故乡贵州来，走进我们的爱神花园，看见我，说的第一句话，往往就是：你办公的地方真好，像个花园。

我就说：这儿本来就是爱神花园。

去年，西部十二个省份的名作家看东部，走进我们的作家协会，陕西的陈忠实对我说："你生活在天堂里。"重庆的黄济人也对我说："这个花园有味道。"贵州的李发模则对我说："老兄，你回上海回得对。"其实当年我调回上海时，他是不赞成的。他对我说：你一定要走，我就要骂哩！现在他不骂了，反说我走得对。

这都是因为爱神花园的魅力。

我喜欢爱神花园里春、夏、秋三季茂茂盛盛的爬壁藤。年年开春以后，爬满墙壁的绿叶把一个个窗户和一条条阳台栏杆包围起来。回上海第八年的春天，我站在办公室外的小阳台上，照了一张相。这个小阳台也很有讲究，英国来的作家对我说：“罗密欧热恋中的朱丽叶，就站在这样一个离地面不高的小阳台上，和情人相对垂泪倾诉衷肠。”

照片上，小阳台沐浴着明媚的阳光，被包围在爬壁藤织成的浓绿中，我也伫立在一大片绿叶之中。看到这张照片的人问我：“你的目光在望着什么？”

我说：“我正眺望着花园里的爱神。”

爱神是一座石雕。春夏之际的阳光下，爱神石雕亭亭玉立地站在小池塘的中央。池塘里的水是清碧的，有鱼。四个小天使，怀抱着四条小金鱼。有中外作家来访时，我们打开水龙头，四条小金鱼就会伴着四周的喷泉，哗哗哗地喷洒着雪白的水花，银亮亮的万千水珠簇拥着双手高高举过头顶的爱神。爱神沐浴着阳光、雨露，怡然地瞅着树梢，眺望着蓝天，显得格外地自在和潇洒。

哦，她的目光还有些神秘，七十多年的岁月里，她都看见爱神花园里发生了些什么呀？

37 年前的 1966 年，我还是一名中学生，凭一张学生证，可以走进作家协会静静的庭院里来看大字报。那时我和几个同学，都没见到爱神石雕，只看到鲁迅先生的铜像，在花园一侧的角落里，不过脑壳顶上也被打破了。好多年以后，我才听说，爱神石雕被花园里的花师傅埋在地底下，藏起来。直到“文化大革命”结束，直到作家协会重新恢复，爱神石雕才重新出现在花园里。

爱神花园里原来还有几棵樱花，那是日本作家送的。每年的4月下旬起，几棵樱花树就次第开了，花儿开得盛，繁艳艳的，把爱神花园里的风景都夺了过去。不过樱花开得时间短暂，一场春雨过去，花瓣儿全被吹落了。后来樱花树桩里爬满了蚂蚁，出了虫子，只好割爱了。我一直感觉有些可惜。

不过，今年的爱神花园，出现了一道令人瞩目的景观，庭院东北和庭院西南面的两棵玉兰树，正怒放着缤纷的白玉兰。一朵又一朵，一批又一批，常开不败，常放不谢。我写着这篇短文时，窗外的白玉兰，还送来阵阵馥郁的香气，还像一群腾空而起的白鸽般，迸然开放着。

“五一”以前，我就发现这两株玉兰树开花了。心里说，过了五天长假，再来上班，花就谢了罢。开在假期里，没几个人欣赏，可惜了。

过了“五一”，一走进爱神花园，奇了，两棵树上，油绿的玉兰叶丛间，一朵朵盛开的白玉兰，正开得旺呢！盛开的玉兰花瓣，张开了十来片洁白的花瓣儿，足足有一只海碗那么大。娇羞的半开半闭的花瓣儿，正在露出它的脸来，常让人想起含羞带娇的少女。花瓣儿裹得紧紧的蓓蕾，总让人想到明天，想到希望，想到要不了多久，当它的花瓣儿悄然张开的时候，怒放在前头的花儿，已经凋谢零落了。

每天上班步上楼梯，我都要站在楼窗边，对美不胜收的玉兰花端详几眼；午间休息时，我会站在阳台上，久久地瞅着越开越盛的玉兰花，留神着它和昨天的变化；黄昏下班时，我仍然看了这一株的玉兰花，又去看那一株的玉兰花，比一比哪棵树上的花儿开得多，哪棵树上的花瓣儿更诱人，哪棵树梢头的花香更幽雅。

一晃，“五一”过后又是四十多天了。爱神花园里的白玉兰，仍在盛开着。我请教了园艺师，园艺师说，白玉兰的花期过去了，爱神花园里的玉兰花仍开得这么盛，是一件奇事。你要我解释，我只能说，你们作家协会的风水好罢。

我笑了，望着爱神花园的白玉兰，我不由在心里吟哦了一句：愿春天，在爱神花园长驻。

三　棵　树

窗外有三棵树。

三棵水杉。

那是在我插队落户的年代就熟悉的树种。贵州黔东南的苗寨侗乡，放眼远眺，连绵无尽的山山岭岭上全是郁郁葱葱的杉树林。尤其是锦屏县的 18 年杉，树干通圆挺直，树枝朝着四侧延伸。成材以后，伐倒在地，滚落山坡，到河滩地上扎成简易的筏，顺着一泻千里的清水江，运送到省外去，运送到沿海大中城市去。

从幼苗到成材，看够了杉木生长期的种种形态和面貌，也就不觉得有什么稀奇了。

只是，窗外的三棵树，天天陪伴着我，用它悦目的绿，以它摇曳的树枝，显示着它的存在。每日的清晨或是没睡的夜晚，来到阳台上开窗关窗，我总要情不自禁地端详它们几眼。久而久之，不但看出了感情，还看出了一些过去在偏远山乡没读到的意味。

盛夏的烈日里，无风，它们是纹丝儿也不动的，仿佛它们也像我一样懂得动了容易出汗。

狂风暴雨中，它们忍受着风雨的抽打，颤抖着东摇西晃地躲避着。惹得我多次想象着该怎样使它们少受伤害。

记得，我当初搬进新村的时候，三棵树都只有二层楼那么高。站在阳台上或是里屋的窗户边，我能清晰地看到三棵树的树冠，尖尖的细嫩的时常还是不那么挺直的树冠。几年时间里，它们直直地往上蹿，蹿得和三楼的窗台一般高了，蹿得接近四楼的阳台了，蹿到四楼窗户边了。随着它们的个头往上长，它们的主干也在粗壮起来，挺直起来，而朝着四周延伸的枝叶，更是弥散一般尽可能地向外张开，就如同一把把使劲撑开的绿伞。

但是，我很快发现了，三棵树虽然挨得那么近，沐浴的是同样的阳光雨露，可生长的速度是不一样的。仿佛都是 15 岁的少年，在一个班上，有的长得人高马大，足有 1.80 米，而有的个子矮小，乍眼看去活脱还是小孩。

我开始寻找它们生长不一的原因。

这是不难发现的。长得最高最壮的那棵树，占尽了天时地利，它离我家的窗户最远，却离新村拐弯的十字路口最近。风拂过来，最先享受凉爽的，是它；太阳升起来，最先照耀到的，也是它。因为挨近十字路口，周围再没其他的树遮挡，它的枝干树叶也伸展得最为潇洒自在。

挨下来是中间那棵树，它不如前头那棵长得高，枝叶的舒展也不如前头那棵自由自在，它的旁边还栽着一棵玉兰树，和它争夺着土壤的养料、水分和光照。前头那棵树蹿得越快，长得越高，枝干树叶伸开得越舒展，它就生长得越慢。

当然，生长得最慢最矮小的，是第三棵树，也是离我家窗户最近的那棵树。太阳升起和落下的时候，都照不到它。斜斜的阳光辐射，都让它前面的两棵水杉和一棵玉兰树遮挡住了，吸收去了。只在太阳当顶的时候，它才能公平地得到阳光的亲吻。由于它离楼房太近了，一楼院子的围墙妨碍了它往里面的发展。而沿新村道路那一侧，又让第二棵树和玉兰树挡住了去路。

故此，我搬来时长得一般高的三棵树，三棵同宗同族的水杉，在我居住了几年以后，成了自高而低、自大而小的三棵树。

在窗户边远眺，在阳台上读书，抬头看见这三棵树，我总像看着一道风景，甚至还为三棵树列成一排，树冠由高向低倾斜的线条而发出赞叹。起风了，三棵树一齐婆娑起舞。变天了，三棵树同时摇头晃脑，发出飒飒的响声。

总是生长得最高最北的树最先有动静，表现出的形态也最为洋洋自得。

我时常忖度，这一道有序的三棵树的风景，会很长久地陪伴着我，陪伴着我的家。

可这仅仅是我的愿望和想象。

那是一个风雨之夜，随着一声震天动地的雷响，我听到窗外响起一声霹雳。很惊心的，把我从梦中惊醒。听明了是在下暴雨，我又沉沉睡去。

第二天一早醒来，雨过天晴，是清新明朗的早晨。我们习惯地打开窗户，窗外的景象让我大吃一惊。

那棵长得最北最高的水杉，被拦腰折断，劈倒在地，尖嫩的树冠埋在树丛中。那样子活像一个壮汉佝偻着腰跪倒在地呻吟。

我想起了昨晚那声惊雷，随之听到的其实不是霹雳而是水杉主干被拦腰折断时的惨叫。

完了。

这棵占尽了天时地利之先，平时最先得阳光雨露滋润生长得也最为令人欣慰的水杉，看来是成活不了了。

但它活着，一枝细嫩的树冠，从被劈断的粗壮的树中央长出来。弱不禁风地往上试探地长着、长着，竟然从最初的半尺长，长到一米多高。在这一缓慢得犹如嫁接上去的重新生长过程中，旁边的第二棵树蓬蓬勃勃地往上蹿了起来。没有了遮拦，没有了阻挡，现在是它占尽了天时、地利之先了，现在是它最先享受阳光雨露的滋润了。看得出它迫不及待地抓住了这一难得的机遇，在跳跃般地往上蹿了。蹿得树干挺直，蹿得枝叶舒展。不用说，现在是它的形态最为潇洒最为诱人了。而挨着它的第三棵树，也在不动声色地生长着，虽然不如它蹿得高，伸展得自在如意，但它那形态，同样地惹人注目。

六年过去了，三棵树还在生长。中间那棵长得最高最壮，一左一右各有一棵树陪伴扶持着，它还长得最为挺直。原先最瘦弱矮小的第三棵树，如今名列第二。它的树干挺直却不粗壮，它的枝叶伸展却不能无拘无束。而原来长得最为结实粗壮、高挑挺拔的头一棵树，现在看上去总有些别扭，它的下半截是粗圆挺直的，而在被折断的横面上长起来的上半截，显得过于纤细，过于柔弱，一眼看去，我常常觉得它活像个鹤脖子。

窗外的这一道风景，又能维持多久呢？我时常想。

窗外有三棵树。

三棵水杉。

读书的烦恼

写过几篇读书得益的文章。

今天这一篇要写的是，读书在我的人生经历中惹出不大不小烦恼的事情。

记得是在读初中的时候，我经常光顾学校的图书馆，根据自己的喜好，借来大本大本的小说阅读。由于自小爱好文学，在小学高年级时，我差不多把国内流行的长篇小说都浏览了一遍。进入初中以后，同学们互相之间传阅的书，已经不能引起我的兴趣。我从图书馆中借阅的，大多数是由国外翻译过来的长篇小说和一些新华书店柜台上已经消失了的书籍。在十三四岁的年头，我总认为，读书越多，对自己的好处越多；读书越多，知识面越广；读书越多，我将来实现自己的理想——当一位作家，基本功就越扎实。总而言之，多读书，不至于会妨碍什么人，也不至于会惹得什么人不快。在我的记忆中，似乎家长、老师们是时常这样教导我们的，书本、杂志还有那些个大学者、大作家都是这么说的。

谁知，事实远不是那么回事。

有一回，趁着午间休息，我又去图书馆借来了厚厚的五六本书。由于我的作文成绩比较好，写的作文在学校得过奖，因此借书的时候可以破例多借几本。

当我捧着一堆书，正在津津有味地翻阅时，坐在我身旁的女同学突然主动对我说话了（这实在是破天荒的事儿，以至于她的话讲完了，我才意识到她这是在对我讲话）。她说："看你呀，尽借这种书看！"

正埋首于书本的我直到她讲完了，才吃惊地抬起头望着她，朝她连连眨着眼睛："你说什么？是在说我么？怎么啦？"

她伸出手来，指点着我正仔细端详的扉页上的作家肖像说：

"就是说你。借的尽是这种书……"

"这种书怎么了？"

"书页泛黄。写书的人，不是大背头，就是秃头，要不就是大胡子，戴眼镜，"她滔滔不绝地说，"总之，全是封、资、修的书。你读了有什么好处？小心中毒。"

我望着她激动的神情，一句话也说不出来了。我有什么好说的呢，她是小队长，又是班上的活动积极分子，还在听团课，争取入团。我当着她的面把书合上了，封面是竖排的五个大字《柔石小说选》。

我想她看到书的封面，大约会感到自己说错了。但她不，她还在说："再这样读下去，你就永远不会进步！”

我不愿再搭理她了。柔石的那张肖像，戴着一副眼镜，长长的稀疏的头发往后梳得整整齐齐，这是他年轻的生命旅程中留下的不多的几张照片之一。是的，我蛮可以站起来重新翻开书大声对她说：“你再仔细看看这是谁！”但我没这么做，因为我还借了另外几本书，留着大胡子的托尔斯泰，留着小胡子的高尔基，秃顶的冈察洛夫，脸色忧郁的陀思妥耶夫斯基……在她的眼里，这些人全是外国佬，读他们的书，就会中毒。

我把书塞进了抽屉，离座走开了。

我以为躲开她，事情就完了。事实却不是这样，当我读完这些书，去图书馆归还，并且又开出一批书单递进去的时候，图书馆管理员只递给了我两本书，并且说：“不要借那些书了，你就读这两本吧。”

我一看他递给我的两本书，一本是《把一切献给党》，另一本是《老共青团员》。

我愕然地瞪着图书馆管理员，很不幸，他也是一个秃顶，而且我第一次来借书时就听说了，他是一个右派！

我想告诉他，这两本书我在小学里就读过了，我写过读书笔记。

但我望着他的一双紧紧盯着我似有什么话欲说的眼睛，什么也没说，拿起两本书就走了。

不久，班干部正式找我谈话，我的邻桌陪伴在侧，她们郑重其事地要我端正学习态度，帮助我树立为革命而学习的信念，奉劝我千万不要再读那些“封资修”的文学作品了。

尽管我对她们的帮助表示感谢，但到了学期结束，老师给我的品德评语，仍说我学习的态度不端正，有资产阶级成名成家的思想，需要到三大革命运动实践中去锻炼锻炼，以树立无产阶级世界观。

直到我插队落户多年，真的在边远蛮荒的贵州乡下锻炼并且在劳动中真正开始理解一些生活，写下最初的一些作品时，仍还有人说：这个人的成名成家思想还没克服，你看他不但读，而且自己还写起来了。为此，真的还曾惹出很多的麻烦哩！读书，确曾给了我很多的东西。可实事求是地说，在我的青少年时代，读书，还真的给我惹出了不少的烦恼。但愿那样的情形，永远别再复返了。

虽然青少年时代读书给我惹出了不少烦恼，但我仍然真心爱书，并受益终生。